KB154696

석곡

이규준

석곡 이규준

백성을 섬긴 마지막 유의

김일광 지음

차
례

작가의 말

표류 100년

석곡 이규준 선생은 국권 피탈 과정을 겪으며 백성만이 희망
이라는 것을 깨닫고, 백성들 속으로 들어간 조선 마지막 유의儒
醫였으며, 실용을 실천한 선각자였다.

내가 석곡이라는 인물을 만날 수 있었던 것은 순전히 향토사
가인 황인 선생 덕분이었다. 그가 10여 년 전부터 석곡에 대한
순수한 관심과 애정으로 행적을 찾아다닌다는 이야기를 듣고
있었다. 그와는 남다른 친분으로 자주 만나왔지만 석곡만큼은
나의 관심 밖에 있었다. 그러다가 우연히 석곡 도서관 서형철 팀
장이 준비하는 석곡 문화 행사 자리에 함께 참석하게 되었다. 그
자리에서 황인 선생은 석곡 선생이 유언처럼 남긴 말씀을 내게
들려주었다. "내 삶에 참으로 다행스러운 게 세 가지가 있었다.
가난했던 것, 집안이 변변치 못하여 스승을 얻지 못한 것, 조선
말, 혼란기에 태어난 것이 내 삶을 끌고 왔다." 나는 이 말을 듣
는 순간, 묘한 호기심이 발동하였다. 우리 모두가 떨쳐버리고 싶
어 하는 흙수저 처지를 다행으로 받아들였으며, 오히려 곤궁함

을 에너지로 삼아 삶의 완성을 이끌어 냈다는 역설적인 토로가 함부로 들리지 않았다. 그날부터 석곡 이규준이라는 인물에 대한 탐구를 시작하였다. 황인, 서형철 두 분은 마치 기다리고 있었다는 듯 그들이 갖고 있던 모든 것을 내어 주었다. 심지어 자료 인사까지 직접 나서서 안내해 주었다.

석곡 이규준 선생은 조선말 1855년에 태어나서 1923년 일제 강점기에 세상을 떠났다. 그야말로 가장 혼란스러웠던 시기를 사셨다. 갯가 가난한 집에서 태어나 먹고 살기 위하여 낮에는 논밭으로 나갔으며, 밤에는 골방에 찾아들어 스스로 학문의 경지를 열어나갔다. 가난하였기에 가난한 사람들의 눈물 나는 처지를 알고 그들과 삶의 고통을 함께 나눌 수 있었다. 학문을 어렵게 스스로 익혔기 때문에 그 글을 자신의 부귀를 위해 쓰지 않고 백성들의 생활 곳곳으로 다가갈 수 있었다. 그가 의술에 나선 것도 이처럼 백성들을 위한 배려에서 비롯되었다.

그는 조선이 망한 원인을 군주에게 집중된 권력 구조에서 찾았다. 잘못된 권력 구조 때문에 벼슬아치는 백성들을 외면하게 되고 자신의 권세를 유지하기 위하여 군주 한 사람에게 매달릴 수밖에 없었다. 그래서 글을 읽은 선비는 과거에 매달렸으며 경전의 자구를 두고 파당과 파벌을 만들었다고 보았다. 그가 온갖 핍박 속에서도 주자학의 경전을 다시 해석하려고 노력했던 이유도 여기에 있었다. 그래서 육경(시경詩經, 서경書經, 역경易經, 예기

禮記, 춘추春秋, 악기樂記) 해석을 중심으로 필요 없는 부분을 과감히 지우거나 덧붙이는 등 잘못된 점을 바로잡고자 하였다. 평생을 두고 펴낸 유학 관련 책과 여러 글로 보아 그는 영남에 자리한 기호학파였다. 그래서 그는 영남 선비들의 배척과 수모를 견디어 내야만 했다. 이 또한 수백 년 이어온 파당을 뛰어넘어야 나라가 온전해지며 백성들의 삶이 안정될 것이라는 생각에서 비롯되었으며 그가 추구한 학문의 바탕이 되기도 했다.

이 책에서는 전문적인 유학 사상이나 한의학의 전문 지식을 말하지 않으려고 하였다. 나는 그럴 만한 지식을 갖추지 못했을 뿐만 아니라 그 부분은 전문 학자들이 장차 연구해야 할 몫으로 보았기 때문이었다. 이 책에서는 석곡 선생이 100년 전 역사적 혼란기를 어떤 생각과 모습으로 살아갔는가를 보여주고 싶었다.

선생께서 평생을 두고 매달렸던 학문과 펼쳤던 의술의 최종 목적지는 백성들이었다. 조선이 망하는 순간 그 절망 중에서도 그는 백성이라는 희망을 보았다. 백성이 살아있는 한 나라는 결코 사라지지 않는다는 진리를 깨달은 것이었다. 그래서 『황제내경』〈소문〉 편을 고쳐 썼으며, 우리나라 최고 의서인 『동의보감』을 더욱 갈고 닦아서 백성들이 편하게 다가가서 쉽게 활용할 수 있도록 『의감중마』를 펴낸 것이었다.

나는 이 글을 쓰면서 누구나 쉽게 읽을 수 있도록 우리말을 살려 쓰려고 노력하였으며, 뜻을 바르게 알리기 위하여 몇 군데 한자를 함께 적기도 했다. 석곡 선생이 남긴 책과 글의 제목은 한자 말을 그대로 살렸으며 그 내용 설명은 따로 붙이지 않았다. 책을 읽는 가운데 자연스럽게 알아낼 수 있도록 문장 안에 다 녹여 두었다. 아울러 그가 남긴 한시 해석도 이야기의 흐름에 맞추어 약간의 변화를 주었음도 미리 밝혀 둔다.

석곡 선생은 외톨박이였다. 먼바다를 항해하다가 표류한 배처럼 떠돌다 가셨다. 그래서였을까. 푸념처럼 100년이 지난 뒤에야 자신의 생각을 이해하고 찾게 될 거라는 말을 남겼다고 한다. 그 말처럼 100년이 지난 오늘, 선생의 〈부양론〉과 〈기혈론〉이 허준의 동의보감, 이제마의 사상의학에 이어 새롭게 평가되기를 소망해 본다.

선생의 염담허무恬憺虛無(마음을 편히 하고 담담하게 하며 비우고 없애는 것) 정신이 오늘날 혼란한 시대와 고단한 우리 삶을 다시 일으켜 세우는 나침반이 될 것으로 굳게 믿는다. 보잘것없는 이 글이 석곡 이규준 선생을 우리 사는 세상으로 다시 불러오는 데 작은 보탬이 되었으면 참 좋겠다.

2018년 봄 김일광

• 유의 儒醫

유교 교리에 대한 정확하고 깊이 있는 지식을 통하여

의술을 펼치는 의사

이양선 표류

:

1865년 7월, 여름 내내 크고 작은 태풍이 이어지며 바다는 심한 몸살을 앓고 있었다.

규준은 비바람 속에서 요동치는 바다를 보고 있었다. 산더미 같은 파도가 쉼 없이 밀려와서는 뒤집어졌다. 해안에는 이팝나무 꽃을 뿌려놓은 것처럼 하얀 물거품이 가득했다. 바람을 집어삼킨 파도는 다시 갈기를 치켜세우더니 한 무리 말처럼 달려와서는 임곡 나루를 물고 흔들었다. 바다가 내지르는 소리에 귀가 먹먹했다.

"바다는 어디서 시작될까?"

"파도는 어디서 오는 걸까?"

이어지는 물보라가 앞을 가렸다. 바다가 내려진 하늘을 걷어 올리듯 또 한 차례 파도가 밀려왔다.

"아, 바다가 일어서고 있어."

파도가 바위 벼랑을 걷어차면서 거대한 물기둥을 일으켜 규준을 덮쳤다. 몸이 휘청거리며 숨이 턱 하니 멎었다. 자칫 물줄기에 휩쓸릴 뻔했다. 바위를 단단히 붙잡은 게 천만다행이었다.

그때였다. 비바람과 파도 사이로 언뜻언뜻 뭔가 보였다. 낯설었지만 배가 분명했다.

"이양선이다!"

돛대가 부러지고 돛이 찢어진 배는 파도에 힘없이 휩쓸리고 있었다. 바다는 배를 깊이 삼켰다 토해내길 거듭했다. 배는 이리저리 흔들리면서 뭍으로, 뭍으로 밀려오고 있었다.

"어쩌지? 어쩌면 좋지?"

순간 사람이 타고 있을 거라는 생각이 들었다.

"사람을 구해야 한다."

규준은 나루로 달려갔다. 그러나 더는 들어갈 수 없었다. 나루는 이미 파도의 차지였다. 달려오는 규준을 밀어내려고 파도는 눈을 부릅뜬 채 나루 위를 넘나들었다. 그사이 표류한 이양선은 갯바위로 밀려가고 있었다. 그나마 다행이라는 생각이 들었다. 배가 갯바위 위에 얹히면 먼바다로 다시 끌려나가지는 않을 것이기 때문이었다. 규준은 조마조마한 마음으로 배가 다가오기를 기다렸다. 규준의 바람대로 큰 파도 하나가 갯바위 위로 배를 성큼 밀어 올려놓았다.

"아, 사람이 있다."

배 위에서 허둥대는 사람이 보였다. 규준은 이양선이 보이는 언덕으로 달려갔다. 그러고는 손을 흔들었다. 먼저 배에 있는 사람들의 불안을 덜어주고 싶었다.

"기다리세요. 뛰어들지 말고 기다리라고요."

배 위에서도 마주 손을 흔들었다.

규준은 집으로 달려가서 아버지를 찾았다. 아버지는 규준을 보자마자 소리부터 질렀다.

"이 비바람에 또 나루에 나갔더냐?"

아버지는 사촌 형들이 하는 뱃일에 관심을 보이는 아들 때문에 마음이 편치 않았다. 아버지는 사람들에게 상것 소리를 들으며 살아야 하는 갯가 생활에서 벗어나고 싶었다. 그래서 규준이가 물가로 나가는 것을 한사코 막았다. 그러나 소용없었다. 규준은 글을 읽다가도 어느새 나루로 나가서 뱃전을 기웃거리곤 했다. 글을 읽지 않는다면 혼이라도 내겠는데 정해준 분량을 다 읽은 뒤에 나가니 막무가내로 혼을 낼 수도 없었다.

"아버지, 큰일 났어요."

"나루가 휩쓸려가기라도 했느냐?"

아버지가 그제야 규준을 마주 보았다.

"휩쓸려간 게 아니라 휩쓸려 왔어요."

"아니, 그건 또 뭔 말이야?"

"이양선이 표류해 왔다고요."

"뭐, 이양선!"

아버지는 눈이 휘둥그레지더니 따져 묻지도 않고 나루로 달려갔다.

이양선은 여전히 갯바위에 걸려 있었다.

"아버지, 어떡해요?"

"구해야지. 너는 마을로 가서 큰아버지께 알리고 사촌 형들에게는 긴 줄 가지고 빨리 나오라고 해라."

아버지는 하늘을 올려다보았다. 하늘은 찌푸려 있었고, 곧 어두워질 것 같았다. 시간이 없었다. 태풍이 잠잠해질 때까지 기다리고 싶었지만 머뭇거리다가 배가 부서지기라도 하면 사람들이 위험에 빠질 수도 있었다.

마을 사람들이 모두 나서서 이양선까지 가까스로 줄을 연결하였다. 간신히 줄을 연결하자 날이 어두워졌다. 마을 사람들은 갯바위 틈에다 솥을 걸고 불을 피우며 밤새 표류한 사람들을 하나씩 구해냈다. 새벽녘에야 모두 구해낼 수 있었다.

거짓말처럼 바람과 비가 잠잠해졌다.

지쳐버린 마을 사람들은 낯선 사람들과 뒤엉킨 채 나루 바닥에 쓰러졌다. 규준도 그들에게 따뜻한 물을 끼얹으며 체온을 유지해 주느라 밤을 새웠다.

산 위로 해가 올랐다. 눈이 부셔서 마주 볼 수 없을 만큼 밝았고, 하늘은 맑았다. 멍든 풀과 나무도 잎을 추스르며 다시 일어났다. 그제야 그 사람들의 모습이 규준의 눈에 들어왔다. 옷차림, 머리카락, 수염, 불그레한 피부. 모든 게 마을 사람들과 달랐다. 게다가 몸집은 마을 어른들보다 두 배는 커 보였다.

"어디서 왔어요?"

규준은 그게 궁금했다. 이들은 어디서 왔으며, 어디로 가는 길이었을까? 무엇을 위하여 바다를 뒤집어놓는 태풍 속을 항해하고 있었을까? 궁금증이 꼬리를 물었다. 고개를 돌려서 마을 어른들에게도 물어보았다. 그러나 어른들은 하나같이 고개를 가로저었다. 물을 나르던 사촌 형이 외쳤다.

"여기 여자도 있어!"

"아니, 여자라니?"

마을 사람이 몸을 일으켜 사촌 형 쪽으로 건너다보았다. 그러고 보니 옷차림이 바지가 아니었다.

"여자를 배에 태우다니, 참으로 괴이한 일이야."

마을 사람들은 고개를 절레절레 흔들며 다시 바닥에 드러누웠다.

규준은 웅성거리는 마을 어른들 이야기에 귀를 기울이며 이양선을 타고 온 사람들을 세 보았다. 남자가 열여섯이었고, 긴 머리카락을 그대로 내놓은 여자가 한 사람이었다.

'조선에서는 왜, 여자를 배에 태우지 않을까?'

궁금한 생각들이 꼬리를 물었다. 그러나 아무도 대답해 주지 않았다.

어느새 해가 하늘 가운데로 떠올랐다. 후텁지근한 바람이 불어왔다. 이양선을 타고 온 사람들은 얼마 가지 않아서 모두 몸을 추슬렀다. 인정 많았던 마을 사람들은 어죽을 끓여 와서 그들과 함께 나누었다. 처음에는 생김새나 말이 달라서 다가가기를 꺼렸지만 표류한 그들 형편을 안타까워하며 한마음으로 도왔다. 다들 한 번쯤은 표류해본 경험이 있었기 때문이었다. 그러나 표류라고 해봐야 조선 땅 어느 어촌 마을에 닿는 정도였다. 하지만 이양선은 사정이 달랐다. 중국도, 일본도 아닌 그냥 이야기로만 들어왔던 멀고 먼 나라에서 온 게 분명했다.

'그 나라가 얼마나 멀리 있을까? 그들은 뱃길을 따라 며칠이나 왔을까?'

규준은 너무나 궁금해서 견딜 수가 없었다. 어죽을 먹고 가장 먼저 기운을 차린 사람에게 다가갔다. 그는 규준을 보고는 환하게 웃어주었다. 죽 그릇을 들어 올리며 고맙다는 표시를 하였다. 선장인 듯했다. 가까이 가서 보니 키만 큰 게 아니었다. 코는 호미처럼 뾰족하게 높았고, 눈은 물웅덩이처럼 깊고 파랬다.

"어디서 왔어요?"

그는 규준을 보고는 두 팔을 펼치며 어깨를 으쓱거렸다. 알아들을 수 없다는 표정이었다.

"어느 나라에서 왔냐고요? 먼바다 뱃길은 어떤 모습이냐고요?"

그는 고개를 갸웃거리며 뭐라고 말을 하였다. 그러나 처음 듣는 말이었다. 난처하고 답답하였다. 어떻게 하면 이야기를 나눌수가 있을까? 주변을 둘러보고, 하늘을 올려 보았다. 방법을 찾을 수가 없었다.

그때, 한 무리의 나졸들이 달려왔다. 마을 사람들은 비켜서며 길을 열어주었다. 그들은 이제 막 기운을 차린 이양선 사람들을 일으켜 세우더니 두 손을 줄줄이 묶고는 끌고 갔다.

"허어, 죄인도 아닌데 저렇게 마구 다루면 어떡해."

"나라의 허락 없이 국경을 함부로 넘어온 게 죄라면 죄지."

"태풍 탓이지 마음먹고 나라 경계를 넘은 건 아니잖아."

"맞아. 그들이 총을 겨눈 것도 아니고, 칼을 휘둘러 백성이 다친 것도 아닌데 왜 묶어?"

마을 사람들은 끌려가는 그들을 바라보기만 했다. 더는 그들을 도울 수 없었다. 괜히 잘못 나섰다가 사또에게 잡혀가서 곤장을 맞을 수도 있기 때문이다. 눈치 빠른 사람들은 재빨리 먼바다로 고개를 돌려 딴전을 피거나 슬금슬금 뒤로 내뺐다. 그러나 규준은 그들 뒤를 따라갔다. 가슴 밑바닥에서 치밀어 오르는 궁금증을 해결하지 않고는 돌아설 수가 없었다.

"어디서 왔어요? 어떻게 여기까지 왔어요?"

선장은 끌려가면서 영문을 모르겠다는 얼굴로 소리를 질렀다.

규준에게도 자기들 처지를 설명하려고 애썼다. 그러나 서로 말이 통하지 않아 답답하기만 했다.

"어떻게 하면 말이 통할까요? 아저씨가 사는 나라는 도대체 어떤 모습이에요?"

규준은 너무나 답답한 나머지 손짓과 몸짓을 해댔다.

연일현청 앞에 다다르자 나졸이 규준을 밀어냈다.

"이제 그만 돌아가! 여기서 얼쩡대다가 사또 눈에 띄면 혼날 수가 있어."

"저들은 어디서 왔어요?"

"낸들 아냐. 이양선이 조선 해안 곳곳에 나타난다는 소문만 들었을 뿐이야."

"저들은 어떻게 돼요?"

"한양으로 압송하거나 뭐……. 사또가 알아서 처리하겠지."

여자부터 현청 문 안으로 들어갔다. 맨 뒤에서 따라 들어가던 선장이 뭔가 생각난 듯 호주머니를 더듬더니 종이 두루마리와 둥근 통 하나를 꺼내서 규준에게 슬쩍 건넸다. 그러고는 고개를 자꾸만 끄덕였다. 고마운 뜻으로 주는 선물 같았다. 규준은 재빨리 윗도리 안에다 집어넣었다. 규준도 무엇인지는 몰랐지만 고맙다는 뜻으로 허리를 굽혔다. 선장은 나졸의 눈치를 살피며 문 안으로 끌려들어 갔다.

이사

:

옷 속에 숨겨진 선물은 규준의 가슴을 설레게 했다. 빨리 방으로 들어가서 몰래 꺼내볼 생각이었다. 기분 좋게 마당으로 들어서는데 아버지가 버럭 소리를 질렀다.

"왜 이제 오느냐?"

"예, 저어……."

둘러댈 말이 없어서 우물거리며 고개를 숙였다.

"그 사람들 따라간 건 아니지?"

"그냥 궁금해서……. 현청 안으로 들어가는 것만 보고 왔어요."

규준은 마당 가운데 서서 고개를 숙인 채 이어질 꾸중을 기다렸다.

"뭐라고?"

"그들이 어디서 왔는지 그게 궁금해서……."

"현청까지 따라갔다고? 누구 본 사람은 없지?"

"나졸들이 봤어요."

아버지는 당황한 얼굴로 하늘을 올려다보며 한숨을 내쉬었다. 그러고는 무섭게 말했다.

"그들이 어디서 왔든지 네가 그게 왜 궁금하냐고! 아이쿠 머리야……. 단단히 들어. 현청에서 사람이 나와 이양선에 관해 물으면 무조건 모른다고 해야 한다. 너는 모르는 거야. 아무것도 들은 게 없어. 그냥 불쌍해서 구해준 것 뿐이야. 어른들이 한 일이야. 알았지?"

아버지는 늘 현청과는 거리를 두라고 말했다. 좋은 일이든 나쁜 일이든 벼슬아치와는 만나지 않는 게 좋다고 했다. 그러면서도 과거시험은 꼭 보아야 한다고 했다.

규준은 대답할 말을 찾지 못하고 멀거니 서 있었다.

아버지는 임곡 나루가 원망스러웠다. 그놈의 나루 때문에 소문으로 떠돌던 일이 집 앞에서 일어난 것이었다. 아들이 걱정이었다. 물에 빠진 사람을 구해야 한다는 급한 마음에 달려들었지만, 막상 구해놓고 나니 걱정덩어리를 통째로 끌어올려 놓은 것만 같았다.

"그래, 큰집에서 가져온 책은 다 읽었느냐? 요즘 글 읽는 소리가 잘 들리지 않더구나."

아버지는 체념한 듯 소리를 낮추며 말머리를 돌렸다.

"예, 다 읽었어요."

"뭐라고! 그 많은 책, 그 어려운 글을 다 읽었다고?"

아버지가 규준의 눈을 똑바로 바라보았다. 규준도 아버지의 눈을 마주 보았다. 거짓말하는 눈빛이 아니었다. 글을 읽고 새기고 또 거듭하였다는 말을 하고 싶었다. 아버지가 정해놓은 부분을 하고 나야 바다로 나갈 수 있었다. 바다로 나가고 싶은 마음에 기를 쓰고 글을 읽었다.

"외우고 새겨 볼까요?"

"아니다. 그만 들어가서 글이나 읽어라."

아버지는 들로 나가려고 지게를 짊어졌다. 일을 해야 걱정도 사라질 것 같았다. 물끄러미 방으로 들어가는 규준의 뒷모습을 바라보았다. 글공부보다 엉뚱한 데 마음을 두는 것만 같아서 걱정스러웠다.

'저 아이를 어쩐다.'

규준은 어릴 때부터 다른 형제와는 달리 엉뚱한 일을 벌여 집안 어른들을 놀라게 했다. 아버지는 그런 규준이 늘 걱정이었다. 요즘 들어서는 바닷길을 찾는다며 바다에 푹 빠져 있는 모습 때문에 불안했다. 그런데 이양선까지 나타났으니 규준이가 그냥 넘어갈 것 같지 않았다.

석곡 이규순은 조선 철종 6년인 1855년 겨울, 영일 바닷가 임곡 마을에서 태어났다. 임곡은 영일만 안쪽 깊숙이 자리하고 있었다. 온 마을 사람들이 바다에 의지하고 살아가는 어촌 마을이었다. 살림살이는 넉넉하지 못했다. 들이 넓지 않고 일조시간마저 짧아 농사도 쉽지 않았기 때문이다.

들에 나갔지만 아버지는 일이 손에 잡히지 않았다. 태풍에 쓰러진 벼들을 일으켜 세우던 아버지는 논둑에 나와 앉았다. 그리고 하늘을 올려다보며 길게 한숨을 내쉬었다.

"저 아이는 내 집에 올 아이가 아닌가 봐요."

아버지는 하늘이 원망스러웠다. 집안 형편으로 이웃 형들에게 맡겨 글을 익히게 했다. 천자문, 동몽선습, 명심보감, 소학을 차례로 익혀 가는데 같이 공부하는 형들을 언제나 넘어서곤 했다. 이제 열 살을 갓 지난 규준은 이미 형들을 넘어서서 대학, 논어를 스스로 익혀가고 있었다. 그러다 보니 글공부를 하다가 의문이 생겨도 풀어줄 사람이 주변에는 없었다. 아버지는 그게 또 걱정이었다. 그렇다고 그런 일을 대놓고 다른 이들에게 상의할 수도 없었다. 시기나 질투를 불러와 자칫 잘못될 수도 있겠다는 생각 때문이었다.

일하러 나갔던 아버지가 급한 걸음으로 집으로 돌아왔다.

"아버지! 뭐 놓치신 거라도 있어요?"

규준은 마루에 나와 서서 천리경을 밀었다, 당겼다 하면서 면 바다를 살피다가 그만 들키고 말았다.

"들고 있는 게 뭐냐?"

"아침에 양인이 주었어요."

아버지는 그 말에 담 너머를 먼저 살폈다. 이웃의 눈과 입들이 두려웠다. 보는 사람이 없었다.

"다른 사람이 보면 어쩌려고 그런 물건을 들고나온 거야?"

"먼 데 풍경을 눈앞으로 끌어당겨 줘요. 어쩌면 바닷길이 보일 것도 같아요."

"세상 무서운 줄 모르는 놈아!"

아버지는 화들짝 지게를 벗어 던지고는 규준의 등을 떠밀며 방으로 들어갔다.

서양세력에 중국이 굴복했다는 소문이 동쪽 바닷가에도 들려왔다. 영국과 프랑스의 힘에 밀려 중국이 맺은 북경조약을 이르는 말이었다. 우리의 북쪽도 불안하다는 소문이 들려왔다. 러시아가 연해주를 차지하고 곧 우리 국경을 넘어올 거라고 하였다. 이런 정세 속에서도 정신을 못 차린 벼슬아치들은 백성들을 더욱 못살게 굴 뿐이었다. 그들의 횡포를 견디다 못한 백성들은 1862년 진주에서 민란을 일으켰다. 이 기세는 경상도, 전라도, 충청도로 삽시간에 번져나갔다. 그야말로 불안한 나날이 이어졌다. 엎친 데 덮친 격으로, 해안 곳곳에서 이양선이 나타난다는 소문은 백성들을 더욱 불안하게 만들었다. 그런데 마을 앞에 덜컥 이양선이 출현하고 말았다. 이를 빌미로 관군들이 들이닥쳐서 내통한 사람을 찾아낸다며 마을을 들쑤셔대지나 않을지 규준의 아버지는 걱정이었다. 마을 사람 모두 서로 눈치를 보며 전전긍긍하였다. 그런데 규준이 그들에게 얻은 물건을 들고 있었으니 아버지는 불에 덴 사람처럼 놀라서 펄쩍 뛰었다.

"아까 그들을 그냥 따라가기만 했다고 하지 않았느냐?"

규준을 방 가운데 앉히고 무섭게 물었다. 어른들이 서양 사람들을 구하느라 정신없는 사이에 규준이 그들과 무슨 일을 벌인 것만 같았다.

"그런 게 아니라……."

"아니면?"

우물거리는 규준을 다그쳤다. 규준은 아버지의 놀란 얼굴을 바라보며 잔뜩 긴장하였다. 아버지의 다그침에 그들과 있었던 일을 실토할 수밖에 없었다. 규준은 침을 삼키고는 또박또박 대답했다.

"그냥 궁금해서 그들에게 물어보기만 했어요. 그런데 말이 달라서 아무것도 알아낼 수가 없었어요. 현청으로 들어가면서 그 배 선장이 제게 집어준 거예요. 고맙다고."

그제야 아버지는 규준 앞에 앉았다.

"무슨 말을 나눈 것은 아니지? 본 사람도 없지?"

"서로 말이 달라서 아무 이야기도 나누지 못했다고요. 본 사람도 없었고요."

"그래. 다시 말하는데 누가 물으면 아무 일도 없었다고 해야 한다. 그냥 사람들이 불쌍해서 뜨거운 물만 끼얹었다고, 몸만 데워주었다고 해야 한다."

아버지는 단단히 일렀다. 그러다가 잠시 말을 끊고는 물끄러미 규준을 바라보았다. 규준은 혼이 나면서도 천리경을 만지작거리고 있었다. 아이에게 혼을 내는 일이 다 부질없다는 생각이 들었다. 불같이 일어나는 호기심을 규준 스스로 억누를 수 없다는 것을 아버지도 알고 있었다. 뱃일에는 늘 일손이 달렸다. 그 핑계로 고분고분 말 잘 듣는 규준을 자꾸 바다로 불러냈던 게 화근이었다. 집안의 곤궁함이 아이를 그렇게 만든 것만 같아서 가슴이 아렸다.

규준은 책 읽기보다 집안일을 돕겠다는 마음이 늘 앞섰다. 게다가 글을 읽으며 생기는 답답함에 자꾸만 뱃전을 기웃거렸다.

아버지는 무슨 생각을 했는지 갑자기 규준이 다 읽었다는 책들을 챙겼다.

"일어나라."

"……."

규준은 영문을 몰라서 멀뚱멀뚱 쳐다보고만 있었다.

"들고 따라오너라."

책 보따리를 규준에게 넘기고 아버지가 집을 나섰다.

서쪽으로 기울어진 해는 영일만에 긴 까치놀을 드리우며 형제산 사이에 얹혀있었다.

　"어딜 가시려고요?"

　규준은 조심스럽게 물어보았다. 그러나 아버지는 시원하게 대답해 주지 않았다.

　"잠자코 따라오너라."

　아버지는 마을 가운데 있는 큰집으로 갔다. 큰집에는 큰아버지 내외와 사촌들이 살고 있었다. 아버지는 규준을 큰아버지가 있는 사랑으로 데리고 갔다. 규준은 책 보따리를 무릎 앞에 내려놓고 얌전히 앉았다.

　"저녁이 다 된 시간에 무슨 일로?"

　"이 아이 일을 의논드리려고요."

　나란히 앉은 형제의 눈길이 규준에게 향했다.

　"지난번에 말하던 그 일이냐?"

　큰아버지는 규준의 손을 가만히 잡아주었다. 큰아버지는 규준에게 넌지시 기대를 걸고 있었다. 어릴 때부터 글 읽기를 좋아했기 때문에 몰락한 집안을 다시 일으켜 주리라고 내심 기대하고 있었다.

　"아무래도 이사를 해야겠어요."

　큰아버지는 이사를 들먹이는 아버지를 물끄러미 바라보았다.

　"여기서는 방법이 없다는 말이로구나."

"더는 미룰 수가 없을 것 같네요. 갯가 상것이라는 소리는 듣지 말아야지요."

"규준이를 위하는 일이라면 나도 말릴 생각이 없네."

큰아버지는 찬찬히 규준의 얼굴을 살폈다. 동생이 하는 말 너머의 속뜻을 이미 알고 있었다. 큰아버지도 규준에게 맞는 글스승이 있어야겠다는 생각을 하고 있었다. 그렇다고 형편이 넉넉하지 않은 처지에 훈장을 모셔올 수도 없었다.

"구동 마을에 서당이 있는데 그곳 훈장이 공부를 많이 하신 분이라는 소문이 있네요. 석리로 옮기면 그곳으로 다니기가 수월할 것 같습니다. 형님 계시는 이곳과도 멀지 않아서 자주 찾아뵐 수도 있고요. 그래서 그 마을로 이사를 했으면 합니다."

"그래. 잘 생각했다. 나도 규준의 글공부를 도와주지 못하는 게 늘 마음에 걸렸다."

큰아버지는 쾌히 승낙하고는 곁에 있던 문갑을 열었다. 그 안에서 서책이 쏟아져 나왔다. 서책을 가지런히 간추리더니 규준 앞으로 밀었다.

"증조부님, 그러니까 네게는 고조부가 되시는 어른이 쓰시던 책이다. 학덕이 참으로 높으셨단다. 서책은 공부하는 사람이 주인인 게야. 나는 지금까지 지키고 보관해 온 사람이라면 너는 이 책의 진정한 주인이라는 말이다. 고조할아버지의 학문을 네가 뛰어넘을 수 있었으면 좋겠다."

큰아버지는 규준을 보며 빙긋이 웃어 주었다.

"아니, 형님! 이 책은 증조부님 유품인데……."

아버지가 엉거주춤 일어서며 큰아버지를 말렸다.

"아니야. 다른 유품은 내가 보관해야겠지만 이 서책만큼은 규준이에게 주어야겠어. 증조부님도 이렇게 하는 걸 좋아하실 게야."

큰아버지는 규준의 작은 손을 잡아 책더미 위에다 올렸다.

"이 서책과 친하게 지내라. 그게 네가 집안을 돕는 일이야. 부지런히 갈고 닦아야 한다."

"예."

규준도 심상치 않은 분위기에 눌려 간신히 대답하였다. 큰아버지가 들려주는 이야기 속에 담긴 뜻이 무겁게 다가왔다.

규준은 저녁밥까지 먹고 늦게야 큰집을 나섰다. 책 무게보다 더욱 큰 짐이 규준의 여린 어깨 위에 얹혀 있었다.

아버지는 집에 오는 내내 말이 없었다. 집안이 짊어질 짐을 어린 아이에게 온통 몰아놓은 것만 같아 마음이 무거웠다.

석리 마을로의 이사는 오래 걸리지 않았다. 마침 빈 집이 한 채 나온 덕에 보름 정도 수리를 한 뒤 들어갈 수 있었다. 서당 가까이 옮겼다고 했지만 어린 규준이 걸어 다니기에는 만만치 않은 거리였다.

외톨이 소년

:

이사를 마친 아버지는 다음 날 바로 서당 갈 채비를 하였다. 아침부터 추적추적 비가 내리고 있었다.

"태풍이 지나간 지가 엊그제 같건만 또 비야."

아버지는 추녀 끝에 서서 하늘을 올려다보며 투덜댔다. 그러고는 규준에게 지삿갓을 씌우고 나막신을 내주었다. 아버지는 갓집에 넣어 두었던 낡은 갓을 꺼내 썼다. 비록 몇 대째 벼슬을 얻지 못하여 집안 꼴은 말이 아니었지만, 체통까지 버릴 수는 없었다. 아들의 서당 훈장을 만나러 가는 날인만큼 갓을 쓰고 두루마기를 걸쳤다.

희날재를 넘어가자 바닷바람을 타고 온 빗줄기가 가슴을 쳤다. 기름을 바른 지삿갓은 둘레가 넓어 어깨까지는 덮어 주었지만 가슴 앞으로 날아오는 비는 피할 수가 없었다. 달가닥거리는 나막신은 발뒤꿈치를 아프게 파고들었다.

힘들게 도착한 구동 서당은 그 마을에서 운영하고 있었다. 물론 훈장도 마을에서 모셔왔으며 학동 대부분은 일가친척이었다. 아버지가 여러 차례 사정하여 마을 어른들께 허락을 얻어놓았기 때문에 바로 들어갈 수 있었다.

"천자문은 익혔다고?"

훈장이 비에 흠뻑 젖은 규준을 앞에 앉히고 물었다.

"예, 천자문뿐만 아니라 저어……."

규준이 하려는 말을 눈치챈 아버지가 서둘러 끼어들었다.

"예, 천자문을 조금 일찍 떼었을 뿐입니다. 훈장님께서 천천히, 천천히 가르쳐 주십시오."

규준은 입술을 꾹 눌러 다물었다. 집에서도 몇 차례 다짐한 일이었다. '안다고 나서지 말고 알아도 모르는 척 그저 묵묵히' 다니라고 신신당부를 하였다. 규준은 아버지의 그 말을 떠올리며 가만히 제 생각을 내려놓았다.

"그래. 천자문을 익혔다니 그다음으로 넘어가야지, 계몽편이나 동몽선습, 격몽요결, 명심보감을 통하여 구두(글을 쓸 때 문장 부호 쓰는 방법과 규칙)와 문장의 뜻을 풀어 읽는 능력을 익히면서 서책에 담긴 가르침을 터득해야 하느니라. 그다음으로 십팔사략(1370년경에 만들어진 책으로, 고대부터 송나라 때까지의 역대 왕조에 관하여 읽기 쉽게 편찬한 역사책), 통감, 소학을 배워 문리(글 속에 담긴 뜻을 깨달아 아는 힘)가 트이고 견식(보고 듣고 배워서 얻은 지식과 생각)이 열리면 경서(옛 성현들이 유교의 사상과 교리를 써놓은 책)로 들어가는 순서는 알고 있겠지?"

"예, 그럼요. 집에서 단단히 일러서 데리고 왔습니다."

이번에도 아버지가 앞질러 대답했다.

"내가 너의 공부에 딱 맞는 접장 하나를 붙여주마. 어디 보자아, 이화익!"

뒤에서 얼쩡거리던 학동을 불렀다. 몸집이 크고 딴딴하였으며 나이도 규준보다 서넛 정도 많아 보였다.

"이화익! 네가 이 아이 글동무가 되어줘라. 데리고 자리로 가거라."

아버지가 일어서는 규준에게 눈짓을 보냈다. '알아도 모른 척 그저 묵묵히.' 규준은 아버지에게 씽긋 웃어주고는 접장을 따라갔다. 훈장에게서 가장 먼 구석이었다.

접장은 먼저 천자문을 읽어보라고 했다. 규준은 앞장만 펼쳐놓고는 천자문을 줄줄 외워나갔다. 접장은 의외라는 듯 규준을 곁눈으로 쏘아보았다. 곁에 있던 다른 아이들도 '어허 보통이 아닌데.'라는 시샘 어린 눈빛을 하고는 귀를 세웠다. 규준은 개의치 않았다. 흔들림 없이 천자문을 절반 정도 읽어 나가고 있을 때였다. 훈장이 다가와서 규준의 곁에 서서 넌지시 글 읽는 소리에 귀를 기울였다. 접장을 비롯한 다른 아이들이 훈장의 눈치를 살피며 힐끔거렸다.

"그만, 그만하여라."

"예, 훈장님."

규준은 글 읽기를 멈추고 훈장을 올려다보았다.

훈장은 손수건을 건네주었다.

"흠뻑 비에 젖은 네게 글 읽기를 먼저 시켰구나. 몸부터 닦고 옷매무새도 다시 고치려무나. 글도 중요하지만 몸가짐, 마음가짐 이 먼저이니라."

손수건을 받은 규준이 자신의 차림새를 살폈다. 옷이 젖어 온 몸에 달라붙어서 꼴이 말이 아니었다. 훈장이 건네준 수건으로 얼굴부터 훔쳤다. 글을 읽으며 약간 건방을 떤 것도 마음에 찔 렸다. 그러다가 언뜻 마루 한쪽 끝으로 물러나 있는 아버지와 눈이 마주쳤다. 아버지는 돌아가지 않고 규준이 끝나기를 기다 리고 있었다. 아버지는 규준의 그 모습을 보며 안절부절못하였 다. 하필 비가 와서 곤궁한 집안 형편을 고스란히 보여준 것만 같았기 때문이었다. 그러나 규준은 아버지를 보며 오히려 씽긋 웃어 주고는 훈장 앞으로 나아갔다.

"훈장님! 감사합니다. 제가 이 수건을 씻어서 내일 돌려드리겠 습니다."

훈장은 규준을 보며 빙그레 웃었다. 규준의 맑은 눈빛과 예의 바른 말씨가 훈장의 마음을 사로잡았다.

"네 글 읽는 소리를 보니 천자문만 익힌 게 아니구나."

훈장은 규준의 눈을 지그시 들여다보며 다시 웃었다. 규준은 대답 대신 바닥에 나란히 앉은 학동들 눈치를 살피며 뒷머리를 긁적였다.

한나절 공부를 마치고 아버지와 함께 서당을 나섰다. 비가 그친 파란 하늘에는 구름이 무더기를 이루며 흘러가고 있었다.

희날재에 올라섰을 때 아버지가 말을 꺼냈다.

"훈장님 가르침이 참 자상하시더라."

아버지는 안심한 듯한 얼굴이었다.

"제 마음을 잘 읽어주실 것 같았어요."

"그래. 다행이야. 정말 다행한 일이야. 서둘지 말고 천천히 벗들과 함께, 함께 공부한다는 생각을 한시라도 잊어서는 안 된다."

아버지는 '함께'라는 말을 힘주어 두 번이나 거듭하였다.

"예, 명심할게요."

희날재를 넘자 멀리 산자락 끝으로 바다가 펼쳐졌다. 넓고 푸른 바다, 그 끝이 어디일까? 그 너머에는 무엇이 있을까? 이제는 한참이나 멀어진 바다였지만 그 너머 세상을 만나고 싶은 마음에서는 멀어지지 않았다. 그러나 이내 눈을 꼭 감아 버렸다. 아직은 부모님 말씀을 따라야 할 나이이기 때문이다. 그러나 성현들이 책 속 어딘가에 그 답을 숨겨놓았을 것만 같았다. 그런 생각을 하면 자꾸만 마음이 급해졌다. 책을 익히고 그 답을 빨리 찾아내야 마음이 후련해질 것 같았다. 그런데 아버지는 자꾸만 '천천히, 조금씩'이라는 말로 규준의 마음을 주저앉히고 있었다.

구름에서 비켜난 해가 규준과 아버지 등을 비추었다. 비에 젖었던 옷이 다시 땀으로 젖기 시작했다. 장마철 무더위였다. 비를 가려주던 지삿갓이 이제는 따가운 햇살을 막아주었다. 뒤꿈치를 파고들던 나막신을 벗어서 손에 들었다. 맨발로 걸었다. 갇혀 있던 발이 풀려나자 온몸이 활짝 펴지면서 머리가 맑아지고 생각도 자유로워졌다. 젖은 땅을 맨발로 밟으며 산길을 걸었다. 물기 머금은 흙 알갱이들이 꼬물꼬물 살아나서 발바닥을 간지럽 태웠다. 비바람에 젖었던 나무들도 한 뼘씩은 더 자라나 있었다. 나무나 풀만이 아니었다. 거센 비바람을 피해 한껏 몸을 낮추고 있던 작은 생명들도 기지개를 켜고 있었다. 산은 더욱 푸르게 숨 쉬고 있었다. 규준은 생명들의 힘찬 움직임을 온몸으로 느끼며 걸었다.

규준의 서당 생활은 순탄치 않았다. 문중 마을 서당에서 타성 바지였던 규준은 개밥에 도토리였다.

"너, 입 다물고 가만히 있어."

목소리는 낮았지만, 규준을 콕 집어 가리키는 접장의 손가락은 흡사 칼끝 같았다. 규준은 책을 안고 엉거주춤 일어서다가 주저앉았다. 의문 나는 구절이 있어도 훈장에게 가는 길을 접장은 늘 가로막았다. 참을 수밖에 없었다. 다른 학동은 절반도 읽지 못하였는데 규준은 책을 덮고 잠자코 있었다. 지루한 시간을 참지 못했던 규준은 무심코 형들의 과정을 엿보았다. 그러다 자신도 모르게 참견을 하고 말았다.

"너 또 잘난 척, 쪼그만 자식이 까불고 있어."

"네가 훈장이야, 접장이야?"

"그렇게 잘 하면 다른 데로 가라고."

점점 학동들 사이에 밉상 중의 밉상이 되어 갔다. 다른 학동들의 질시와 트집은 싸움으로 이어지기도 했다.

'알아도 모른 척, 그저 묵묵히.' 아버지의 그 다짐을 하루에도 몇 번이나 되새겼다. 그러나 글을 읽다가 궁금한 점이 있으면 참을 수가 없었다. 접장이 가로막았지만 눈치껏 훈장에게 다가가곤 했다. 자연스럽게 훈장과 마주하는 시간이 많아졌다. 접장은 이를 매우 못마땅하게 여기며 경계를 하였다.

한가위가 지나고 농사일이 다 끝났을 때 서당에서는 해마다 백일장을 열었다. 비록 고을 수령이나 향교에서 참석하지는 않았지만 구동 서당 나름 문중 어른들이 모두 참석할 만큼 제법 성대하게 열렸다.

어른들이 강당 마루에 둘러앉자 학동들 경연이 시작되었다. 경연은 짓고, 쓰고, 읽는 세 가지 과목이었다. 강경(경서 암송), 시 짓기, 서예 경연 순서로 진행됐다. 심사는 문중 어른들이 맡았다. 암기능력, 원문 내용, 독성(고저장단), 용모를 두고 평가하였다. 그런데 경연이 끝날 무렵 심사를 맡았던 어른들과 그 곁에서 지켜보던 사람들이 웅성거리기 시작했다. 자꾸만 결과 발표가 늦어졌다.

경연 결과는 세 과목 모두 규준이 월등하게 앞서 있었다. 해마다 장원을 도맡아왔던 이화익이 규준의 뒤로 밀려나 있었다.

"굴러온 돌이 박힌 돌을 뽑아낸 꼴이야."

"맞아 우리 서당은 문중 서당이야. 저 아이는 곁다리라고 보아야지."

"우리 아이들 경연에 저 아이는 끼어든 아이에 불과하다고."

"저 아이는 경연에서 제외해. 우리 문중 아이를 기죽이면 안 되지."

자기네들이 모셔온 훈장을 엉뚱한 아이가 독차지하는 게 늘 못마땅했는데 이런 일이 벌어진 것이었다.

이를 알게 된 이화익 아버지가 기어이 얼굴을 붉히며 소리를 질렀다.

"이렇게 된 데는 훈장님의 편애가 작용한 거요. 훈장님이 저 아이 하나만 끼고 돈다는 말이 오래전부터 돌고 있다고요. 이런 부당한 처사의 결과에 대하여 훈장이 책임져야 할 거요."

"맞아요. 규준이 저놈 때문에 우린 늘 뒷전이었어요."

장원을 규준에게 빼앗긴 이화익이 엉뚱한 소리를 했다.

"뭐라고! 그런 일이 있었다고?"

흥분한 어른들이 자리를 박차고 일어났다. 잔치 분위기였던 경연이 소란스러워지면서 훈장의 성토장으로 바뀌고 말았다. 훈장이 나서서 뭔가 말을 하려고 하였지만, 마을 사람들은 들으려고 하지 않았다.

"이 무슨 추태인가!"

그때까지 훈장 곁에 앉아서 이를 지켜보던 문중 최고 어른이 마룻장을 두드렸다. 순간 강당이 조용해졌다.

"대대로 충·효·열·예의 정신을 지키며 살아온 우리 마을의 모습이 이런 것이냐? 내가 훈장님 앞에 고개를 들지 못하겠다. 조상들의 가르침은 버리고 성과와 서열에 매몰된 자네들의 모습은 금수와 무엇이 다르단 말인가."

어른의 긴 수염이 부들부들 떨리고 있었다. 떠들어대던 사람들은 서로 눈치를 살피며 고개를 숙였다.

"그리고 너 화익이 들어라. 옛것을 익힌다는 것은 새것을 세운다는 것이야. 너는 종손이다. 너의 품성이 곧 우리 문중의 모습이야. 글을 익히고 성현의 가르침을 알아가는 만큼 네 모습도 새로워져야 하거늘……. 그런데 지금 네 모습은 참으로 걱정스럽구나."

이화익이 훌쩍거리며 주먹으로 눈물을 닦고 있었다. 규준은 모든 일이 자신 때문에 틀어진 것만 같아서 고개를 숙인 채 눈치를 살피다가 이화익과 눈이 마주쳤다.

"네놈을 꼭 꺾어놓고야 말겠어."

이화익이 주먹을 들어 보였다.

"먼저 가는 저 아이가 있으니 우리 아이들도 분발하여 열심히 정진할 수 있는 거야. 더는 저 아이에 대하여 거론하지 말고 결과를 공정하게 발표하시게."

또 한 번의 여름을 맞고 있었다.

정오가 지나자 서당 대청마루를 넘나들던 바람도 자취를 감추었다. 자지러지듯이 울어대는 매미 소리가 졸음을 불러왔다. 대부분의 학동이 꾸벅꾸벅 졸고 있었다. 글 읽는 소리가 잦아들더니 슬그머니 사라졌다. 앞에 앉은 훈장도 졸음을 이기지 못하여 지그시 눈을 감고 있었다. 규준은 글동무들의 꿀맛 낮잠을 방해하지 않으려고 글 읽기를 멈췄다.

혼자 깨어 있기가 민망스러웠다. 슬그머니 일어나서 서당을 나섰다. 서당 뒤로 돌아가자 조그마한 산길이 규준을 반겼다. 그 길을 따라 걸었다. 대청마루에서 사라졌던 바람이 그 오솔길에 모여서 도란거리고 있었다. 솔잎에 앉아 있던 바람이 살며시 다가와서는 속삭였다.

'산은 혼자 솟으려 하지 않고 아래로 계곡을 만들어 물이 흐르게 한단다. 바위는 나무를 마다하지 않고, 큰 나무와 작은 나

무, 풀과 그 사이를 오가는 뭇 벌레들, 그들은 서로 돕고, 배려하며 조화롭게 살아가고 있지.'

'맞아.'

규준은 가만히 고개를 끄덕였다.

'하늘이 있어 땅이 있고, 하늘이 푸르기 때문에 그 빛을 닮아서 바다 또한 푸르지. 그게 조화야. 하늘은 그러한 법칙에 따라 비를 뿌려 땅을 적시고, 햇살로 만물을 키워내지. 사람은 그 조화 안에서 살아가는 게야. 사람의 몸을 움직이는 이치 또한 그러할 것이야.'

솔향이 코를 찔렀다. 누군가와 두런두런 걷는 사이에 높고 가파른 산길을 지나 어느새 산마루에 서 있었다.

'함께 걸었던 이가 누구였지?'

정신을 차리고 보니 덜컥 겁이 났다. 어느새 서당에서 너무 멀리 벗어나 있었다. 서당에서 찾을 게 뻔했다. 허겁지겁 산길을 내려갔다. 온몸이 땀으로 젖었다.

"어디 갔다 오느냐?"

훈장이 헐레벌떡 들어오는 규준을 불러 세웠다. 다른 학동들은 그것참 쌤통이라는 얼굴로 규준을 흘끔거렸다.

"졸음을 쫓느라 바람을 쐰다는 게 그만⋯⋯."

"졸음이란 게 여기 자리를 지킨 학동들에게는 오지 않고 너에게만 찾아왔다더냐?"

다른 학동들 낮잠을 방해하지 않으려고 자리에서 벗어났다는 말은 차마 할 수가 없었다.

"그게 아니라 뒷산에 잠깐……."

"산에서 누가 널 부르더냐. 토끼나 사슴이라도 만났단 말이냐?"

"토끼, 사슴이 아니라 공자님을 만난 듯합니다."

무심결에 튀어나온 말이었다. 그 말이 나오자마자 학동들이 마루를 치며 웃어댔다.

"네 이놈! 어디서 말 같잖은 말을 하고 있느냐. 지금 네 꼴을 보아라. 어디 함부로 성현의 이름을 들먹이느냐!"

'아차' 싶어서 입을 막았지만 소용없었다. 규준은 자신의 차림새를 살펴보았다. 급히 달려오느라 땀범벅이 되어 있었으며, 옷고름까지 풀어진 게 어디 가서 한바탕 싸움이라도 벌인 몰골이었다.

훈장은 접장 이화익을 불렀다.

"규준을 씻겨 오너라. 거짓말한 잘못을 내가 엄히 물을 것이야. 오늘 공부는 여기까지 할 테니. 다들 돌아가거라."

규준은 접장을 따라 밖으로 나갔다. 서당 마루 댓돌 아래에 내려서자 접장이 규준의 뒷덜미를 움켜잡았다.

"왜, 이래요?"

"네놈이 서당 분위기를 망치고 있어."

접장은 규준을 우물이 아닌 다른 쪽으로 끌고 갔다. 마을에서 한참 떨어진 개울로 갔다. 접장은 내동댕이치듯이 규준을 개울 아래로 밀어버렸다. 규준은 몇 차례 뒹굴며 개울 바닥에 나가떨어졌다. 그러나 규준은 엎어져 있지 않았다. 물 가운데서 벌떡 일어서며 접장을 노려보았다. 그런데 접장의 뒤에는 언제 따라왔는지 서당 학동들이 둘러서 있었다. 규준은 그 모습이 단단한 벽처럼 느껴졌다. 그러나 기죽지 않으려고 단단히 마음을 다져 먹었다. 얼굴을 한 번 훔치고는 접장을 향해 똑바로 마주 섰다. 천천히 다가온 접장이 규준의 먹살을 움켜잡았다.

"이것은 옳지 않은 일이야."

"옳지 않다고? 공자를 만났다는 네놈의 말은 옳은 거야? 이 쥐방울만한 녀석이 어디서 거짓말을 나불거리고 있어."

접장은 규준을 번쩍 들어서 다시 개울로 메쳤다. 그러나 규준은 나가떨어지지 않았다. 오히려 접장과 뒤엉키며 개울 바닥을 함께 굴렀다. 둘은 물을 한 모금씩 들이키고는 컥컥대며 일어섰다.

"잘난 척하는 네놈 버릇을 단단히 고쳐 줄 거야."

접장이 주먹을 날렸다. 규준의 눈에서 불꽃이 튀었다. 또 주먹이 날아들었다. 규준은 고개를 숙이지 않았다. 주먹을 고스란히 맞으면서도 물러서지 않았다. 접장의 다리를 붙들고 있는 힘을 다해 쳐들었다. 접장이 물속에 거꾸로 처박혔다.

"형님이 넘어졌다."

"형을 돕자."

모두 일가 집안 사이인 학동들이 접장을 구하겠다며 개울로 뛰어들었다. 규준을 가운데 두고 주먹과 발길이 어지럽게 날았다. 규준은 성한 데가 없을 만큼 맞고 또 맞았다. 살갗이 찢어지고 얼굴이 부어올랐다.

마침 지나가던 마을 어른들이 달려오는 바람에 접장과 아이들의 폭력에서 간신히 놓여날 수 있었다. 규준은 정신을 잃고 그대로 개울 바닥에 쓰러졌다. 도망치는 아이들 모습이 희미하게 기억날 뿐이었다.

동의보감

:

마을 어른들이 반쯤 정신이 나간 규준을 옮겨 응급치료를 한 뒤, 저녁 늦게 들것에 실어 집으로 보냈다.

"아이들끼리 싸운 것 같네."

그 말이 전부였다. 마을 사람들은 규준을 내려놓고는 가버렸다. 아버지가 규준이 다친 까닭을 물어볼 새도 없었다. 퉁퉁 부어오른 아이를 보는 순간 가슴이 내려앉고 정신이 아뜩해지는 바람에 그만 바닥에 주저앉고 말았다.

규준은 밤새 앓았다. 꿈도 아닌 온갖 헛것에 시달리며 헛소리를 질러대기도 했다.

"어린것을 이렇게 팰 수가 있어요?"

어머니는 분을 이기지 못하여 한 차례 정신을 놓치기도 했다. 아버지는 그들의 위세를 거스를 수 없다는 게 너무나 분했다.

간신히 눈을 떴을 때는 날이 밝아 있었다.

"정신이 드느냐?"

아버지가 규준을 살폈다. 다른 말은 할 수가 없었다. 왜 싸웠는지도 묻지 않았다.

"의원에게 가보자."

아버지는 아무래도 의원에게 보여야겠다고 생각했다. 그러나 규준은 움직일 수가 없었다. 아버지는 규준을 업고 김 의원을 찾아갔다.

"어혈이 심해, 어쩌다가 이런 매질을 당했냐? 독기를 풀어내려면 꽤 오래 걸리겠는걸."

아버지는 말이 없었다. 규준은 분한 마음에 이를 악물었다. 설움이 목젖을 치받았다. 말을 했다가는 바로 울음이 터질 것만 같았다.

김 의원은 규준을 눕히고 침을 놓았다.

"별일은 없겠지요?"

간신히 설움을 가라앉힌 아버지가 물었다. 그 소리가 애처롭게 들렸는지 김 의원이 아버지 등을 두어 차례 쓸어주었다.

"다행히 독이 아직 심장을 공격하지는 않았네. 이 어혈 자리에……."

김 의원과 아버지가 나누는 이야기 소리가 가물가물 멀어져 갔다. 규준은 다시 깊은 잠에 빠져들었다.

규준은 낯선 길을 걸어가고 있었다. 따뜻한 봄날이었다. 저 멀리서 한 노인이 규준을 향해 손짓하였다. 규준이 가까이 다가가자 그 노인은 규준을 데리고 자꾸만 산속으로 깊이깊이 들어갔다. 발걸음은 마치 구름을 밟는 것처럼 가벼웠다.

"할아버지는 누구세요?"

"나? 사람들은 나를 '운곡 노인'이라고 부르지."

"구름골짜기에 사세요? 지금 거기로 가세요?"

규준은 밀려오는 호기심을 억누를 수가 없었다. 그래서 참새처럼 조잘조잘 물어댔다.

"구름 골짜기라……. 그곳에서 내려와 지금 백성들 속으로 들어간단다."

"백성요? 백성이라고는 눈에 띄지 않습니다."

규준은 사방을 둘러보았다. 온통 낯선 산들만 줄을 잇고 있을 뿐이었다.

"아직도 보이지 않느냐?"

"사람이라고는 눈에 띄지 않아요."

"어떤 마음자리를 가지느냐에 따라서 보이는 게 달라지지. 저기 저 뭇 사람들이 보이지 않는단 말이냐?"

"풀과 나무만 자욱한데요?"

노인은 규준을 바라보며 껄껄껄 웃었다.

"풀과 나무가 모여 만드는 숲은 말이다. 싱싱한 푸른빛이 모이고 더해져서 되는 거란다. 백성이 모여서 함께 만드는 세상, 그 숲을 그려 보아라."

"모여서 함께……? 참으로 태평할 것 같아요."

"그래. 임금이 자신의 마음을 수양하면 온 세상 사람이 이를 따라 도덕과 더불어 살게 되지. 벼슬아치나 글 읽은 사람들이 어질고 예를 지키면 모든 백성은 그 품에서 평안해지는 게야. 그게 공자님의 가르침이다."

"할아버지는 누구세요?"

왠지 예사롭지 않아서 규준은 또 물었다.

"어허, 그놈 참. 운곡 노인이라고 하지 않았느냐. 산허리를 감싸는 구름 말이다. 지금 산천과 네가 하나이듯이 내 걸음을 좇아온 너와 내가 또한 하나이니라. 마냥 내 걸음을 좇지만 말고 네 걸음으로 세상 길을 열어 보아라."

규준은 고개를 갸웃거리며 주변을 둘러보았다.

햇볕은 어머니처럼 산과 들을 넉넉하게 품어주고 있었다. 나무와 풀이 따뜻한 기운을 받아 꽃을 피우고 있었다. 나비가 날개를 펴고, 새가 모여와서 햇살을 노래하였다. 규준은 그 숲속으로 걸어갔다. 세상은 온통 꽃과 나비의 노래로 넘쳐났다.

"성현의 가르침을 크게 보고, 바르게 익혀야 한다. 갈고 닦는 일을 게을리 마라. 공부가 쌓이고 쌓여서 부족함이 채워지면 선한 본성은 저절로 발휘되는 것이란다."

노인의 걸음은 점점 빨라졌다.

풀과 나무 향기에 취해 있던 규준은 문득 산울림처럼 들리는 노인의 목소리를 향해 고개를 돌렸다. 노인은 벌써 산허리를 돌아가고 있었다.

"운곡 노인?"

노인이 사라지자 향기는 간 곳이 없어지고 파 냄새가 진동하였다. 규준은 코를 움켜쥐고 노인이 사라진 산허리를 향하여 내달렸다.

"할아버지, 할아버지! 기다리세요."

"애야! 정신 차려라."

누군가가 규준을 흔들었다.

"아유, 독한 파 냄새!"

"아이쿠 그놈, 코가 멀쩡한 걸 보니 죽지는 않았네."

김 의원도 그제야 마음이 놓였다. 얼굴에 웃음기가 돌면서 느긋하게 다시 파를 찧어 어혈 진 곳에 붙였다.

깊은 잠에 빠졌던 규준은 차츰 정신이 맑아지고, 앞이 제대로 보였다. 너무나 선명한 꿈, 가만히 생각해 보니 꿈이 아닌 듯했다. '운곡 노인!' 시간을 거슬러 올라가서 그 옛날 주희, 주자를 만난 게 분명했다. 다시 눈을 감았다.

'성현의 가르침을 익히고 닦는 일을 게을리 마라.'

다시 눈을 떴다. 마음이 상쾌했다. 깊게 숨을 들이마셨다가 토해내고는 주변을 둘러보았다. 아버지와 김 의원이 보였다. 그 너머로 천장까지 닿은 책꽂이에 책이 가득했다.

"아니, 저 서책은 그 유명한 동의보감이 아닙니까?"

유독 낡은 책 하나가 눈에 들어왔다.

"어허, 그놈. 눈도 제대로 돌아온 모양이네. 그래 맞아 동의보감. 글을 제법 읽는구나."

동의보감. 임진왜란을 거치면서 백성들에게 병마의 고통을 덜어주려고 임금의 명으로 허준이 만든 의학책이었다. 예부터 전해 내려오던 의학서들을 한데 모아서 만든 최고의 의학서라는 것을 규준도 알고 있었다.

"제게 빌려주세요."

"이놈이 내 밥 바가지를 가져가겠다고? 빌려줄 수는 있는데 네가 읽을 수 있으려나?"

규준이 싱긋 웃었다. 이를 보고 있던 아버지는 말릴 수도, 권할 수도 없어서 그냥 외면해 버렸다. 책이 징그럽게 느껴졌다. 글 공부를 시키려다 아들을 잡았다는 생각이 들었다.

"사서보다 어렵습니까?"

"어허, 네가 논어, 맹자, 중용, 대학. 그 사서를 읽었단 말이야?"

규준은 쑥스럽다는 듯이 설핏 웃으며 김 의원과 눈을 마주쳤다.

"읽기는 읽었습니다만 성현들의 생각까지 읽기에는 아직 한참 멀었지요."

놀란 김 의원은 규준의 말이 믿어지지 않아서 아버지를 돌아보았다.

"얘가 일찍부터 서책을 좋아해서……."

아버지가 대충 얼버무렸다.

김 의원은 고개를 흔들며 규준을 다시 찬찬히 살폈다.

"그래. 책은 얼마든지 빌려주마. 네 집이다 생각하고 마음껏 드나들어도 좋다."

"고맙습니다."

한나절 넘게 의원의 방에 누워있었다. 팔다리가 조금씩 풀리면서 몸을 움직일 수가 있었다.

"가는 길에 두부를 구해가세요. 그걸 소금물에 삶아서 어혈진 곳에 붙여주세요."

규준은 몸을 천천히 움직이며 마당으로 내려섰다. 고개도 저어보고, 허리도 굽혀 보았다. 움직이는 게 조금 불편했지만 혼자서 충분히 걸을 수 있었다.

"저어기, 처방료는……."

아버지는 준비한 돈이 많이 부족할 거라는 생각에 말소리조차 제대로 내지 못했다.

"내 오늘 처방료는 받지 않을 거요. 저 아이와 인연을 오래 가져가고 싶어서 그런다오."

"아니, 무슨 말씀을……."

김 의원은 대문 밖까지 따라 나오며 규준의 등을 토닥여 주었다.

"자주 오너라."

저녁이 다 되어갈 무렵이었다. 규준이 방바닥에 엎드려서 동의보감을 읽고 있는데 문밖에서 인기척이 났다.

"훈장님이 우리 집까지 찾아오셨군요."

놀란 규준이 급하게 일어서려다가 그만 푹 고꾸라졌다. 숨이 멎을 만큼 아팠다. 책에 빠져 있느라 아픈 것조차 까맣게 잊고 있었다. 가슴을 움켜쥐고 있는데 문이 열렸다.

"아니, 어찌 이런 일이!"

훈장이 방으로 뛰어들어오며 규준을 붙잡았다. 아버지도 따라 들어와서 규준을 안아 눕혔다.

"괜찮아요. 급히 일어나다가 몸이 꺾였어요."

규준이 몸을 가누며 훈장에게 인사를 드렸다.

"정말 괜찮은 것이냐?"

"잘 참아내고 있답니다."

아버지가 대답을 가로챘다.

"처음에는 아이들끼리 가벼운 싸움이라고 들었는데 그게 아니었더구나."

훈장은 모든 일을 다 알고 찾아온 모양이었다.

"도대체 어떻게 된 일입니까?"

아버지가 그제야 분한 마음을 토해냈다.

훈장은 어제 서당에서 있었던 일을 털어놓았다.

"그래서 내가 용서를 구하러 왔답니다. 부디 마음을 풀고 너그럽게 용서해 주시오."

훈장은 진심으로 사과를 했다. 어머니가 상을 들고 들어왔다. 어머니는 밖에서 이야기를 다 들었다. 울음을 참으려고 입술을 깨물었다. 상을 놓고는, 울음이 터져 나올까 바로 돌아나갔다.

"왜, 그들은 용서를 구하지 않지요?"

아버지의 울음이 터지고 말았다. 훈장은 설움에 북받친 아버지의 손을 다시 잡으며, 추녀 끝에 걸린 하늘을 바라보았다. 하늘도 화가 났는지 노을이 붉게 물들고 있었다.

"그러게 말입니다. 양반이라는 사람들이 예는 잃어버리고 거짓 체통만 끌어안고들 있네요. 사람을 업신여기는 그 마음이 조선을 망치고 있지요. 사람을 나누다 못해 이제는 서로 파당을 만들고, 미워하고, 질시하고 있지요. 백성을 업신여기는 나라에서는 성현이 날 수가 없다고 했지요. 그것을 왜 모르고 있는지."

훈장은 혼잣소리를 하는 듯했다. 아버지는 한참 동안 흐느꼈다. 규준은 멍하니 아버지와 훈장의 모습을 바라보기만 했다.

"규준아! 너는 혼자서도 경서를 통해 성현을 만날 수 있을 거야. 잊지 마라. 공자님께선 인(仁)은 사람을 사랑하는 것이고, 지

(知)는 사람을 아는 것이라고 하셨다. 성현의 가르침을 실천함에 있어서는 무엇보다 사람에게 자애로워야 한다. 너를 거두고 싶지만 어쩔 수가 없구나. 나를 용서해라."

"후, 훈장님! 그러면……."

"그래, 이제 혼자서 가보아라."

훈장은 거기서 말을 끊고는 자리에서 일어났다. 훈장도 문중 어른들의 거듭된 요구를 외면할 수가 없었다.

집을 나선 훈장은 꾸부정한 뒷모습을 끌면서 석양 속으로 사라져 갔다.

규준은 다시 서당에 다닐 수 없었다.

혼자서 책을 마주해야 했으며, 스스로 공자와 맹자를 만나서 가르침을 얻어야 했다. 주자의 경전 해석 근거를 찾기 위하여 끊임없는 물음과 대답을 거듭했다. 공부는 하면 할수록 끝이 보이지 않았다.

책에 기대어

⋮

푸슬푸슬 진눈깨비가 내리고 있었다.

쿨룩거리는 아버지의 기침 소리가 예사롭지 않았다. 가을 추수를 마치고 누운 뒤로 기운을 차리지 못하고 있었다. 김 의원에게 처방을 구하여 약을 먹었지만 좋아지지 않았다. 원래 약한 몸이었지만 아들 일로 생겨난 울화병까지 겹쳐지면서 자리에 눕고 말았다.

"너무 걱정하지 마라. 봄이 되면 또 벌떡 일어나서 논밭으로 나갈 거다."

아버지는 가족들을 안심시키려고 했지만 어머니는 다른 때와는 다르다며 애를 태웠다.

"황제내경을 다시 빌려달라고?"

"예, 동의보감을 비롯한 지금까지 읽은 의서들과 서로 따져 가면서 찬찬히 읽어 볼 생각입니다."

"따져가며 읽다니 무엇을 말이냐?"

마침 병자가 없어서 한가하던 때라 김 의원은 규준과 마주 앉았다.

"황제내경에는 심오함은 있으나 조리가 없었고, 치밀함에서도 늘 아쉬움이 남았습니다. 그래서 제대로 정리해 볼 생각입니다."

김 의원은 규준의 속마음을 읽고 있었다.

"아버지 병세가 걱정되어서 그러느냐?"

규준은 대답하지 않고 머뭇거렸다.

"네 나이가 얼마냐?"

"열여덟입니다."

"다른 아이들 같으면 인삼, 감초, 부자를 잡으며 〈약성가〉 정도를 외울 텐데. 동의보감과 황제내경이라니 내 자리를 곧 네게 넘겨줘야겠다."

김 의원은 빙그레 웃으며 규준에게 『황제내경』을 꺼내주었다.

그때 명이 낭자가 차를 들고 들어와서는 멀찍이 앉아 두 사람 이야기를 들었다.

"의원님, 사람의 몸에는 음과 양이 존재한다고 읽었습니다. 사계절이 제때를 맞춰 찾아오고, 하늘에는 해와 달이 있고, 밤낮이 하루를 엮어가듯 우리의 몸도 음과 양이 서로 조화를 이룰 때 건강하다는 게 아니겠습니까?"

규준은 황제내경을 앞에 놓고 고개를 갸웃거렸다.

"잘 보았다. 천지의 조화처럼 우리 몸 또한 하나의 우주로, 음과 양이 조화를 이루며 유지된다고 보아야지."

"그럼 그 양과 음이 사람마다 다릅니까, 아니면 모두 같습니까?"

김 의원은 잠깐 뜸을 들이며 규준의 얼굴을 살폈다. 규준이 본격적으로 우주와 사람의 몸을 해석하는 데 관심을 보였다. 가벼운 질문과 답으로 그칠 게 아니라는 생각이 들었다. 김 의원도 자세를 바로잡았다.

"사람마다 다르다고 보아야지. 오늘같이 궂은 날을 보면서 사람마다 그 느낌이 다른 것도 그런 연유가 아니겠느냐. 약하게 태어나서 늘 병을 달고 사는 사람이 있는가 하면 건강하고 실하여 잔병과는 평생 거리가 먼 사람도 있지. 그걸 체질이라고 하는 게 아닐까?"

김 의원은 명확하게 말하지 않고 규준이 생각할 수 있는 틈을 조금씩 남겼다.

"그럼 제 아버지의 체질은 어떻다고 보아야 할까요?"

김 의원은 규준의 입에서 그 말이 나올 것을 이미 알고 있었다.

"네가 지금껏 읽은 의서를 종합해볼 때 어떻게 판단이 되느냐?"

"의서를 종합해 보면 아버지 체질은 몸이 차기 때문에 양을 북돋워 몸을 따뜻하게 해 주어야 건강을 유지할 수 있다고 봅니다."

규준은 제 생각을 말하는데 거침이 없었다.

"그러면 어떤 약재를 중심으로 처방해야 하느냐?"

"부자입니다."

"부자는 처방에 신중해야 하느니라. 처방에는 그 사람의 체질도 보아야 하지만 그 사람의 자라 온 환경과 음식, 섭생도 보아야 한다."

김 의원과 규준의 토론은 해가 진 뒤에도 계속되었다. 명이 낭자는 두 사람의 토론이 길어지자 저녁상을 들여놓았다. 처음으로 마주한 김 의원과의 겹상이었다. 함께 밥을 먹으며 기에 대한 이야기를 계속 나누었다.

규준은 황제내경을 옆에 끼고 집으로 돌아왔다.

"애야! 왜 이리 늦었느냐? 훈장님이 너를 보자며 사람을 보내왔더구나."

"언제요?"

"벌써 한참 지났다."

서당에 다니지 못한 지 벌써 여러 해가 되었다. 그래도 간간이 찾아뵐 때마다 자상하게 가르쳐 주던 훈장이었다. 아무 데도 도움받을 곳이 없는 처지에 그나마 훈장이 있었기 때문에 도둑 공부를 이어갈 수 있었다.

'무슨 일일까?'

궁금해서 그냥 넘길 수가 없었다. 책을 방에다 두고 다시 밖으로 나왔다. 벌써 댓돌 아래까지 어둠이 기어들고 있었다. 진눈깨비는 그쳤지만 겨울바람은 여전히 찼다. 신을 단단히 매고 있는데 어머니가 덧옷과 귀마개를 들고 나왔다. 생각 같아서는 말리고 싶었지만 어머니는 그러지를 않았다. 아들의 판단을 믿기 때문이었다.

구룡포에서 달려온 바닷바람은 희날재 위에서 더욱 거세게 몰아쳤다. 빗물이 얼어붙어서 산길은 온통 빙판이었다. 규준도 그대로 얼어붙을 것만 같았다. 세찬 바람에 걸음은 자꾸만 뒤로 밀렸다. 그러나 주춤대거나 물러서지 않았다. 서당에 도착했을 때는 이미 밤이 이슥해진 뒤였다. 버릇처럼 서당 주위를 둘러보았다. 그동안 마을 사람들의 눈을 피하며 수차례 훈장을 찾아왔다. 책을 읽다가 의미를 시원하게 얻지 못할 때는 밤중에 도둑처럼 서당으로 찾아 들곤 했다.

"스승님! 석리 마을 규준입니다."

기다렸다는 듯이 방문이 활짝 열렸다.

"이 추운 데 오느라고 고생했다. 어서 들어오너라."

절을 올리자, 훈장은 이불 한쪽을 들치고 따뜻한 자리에 규준을 앉게 했다. 자리에 앉으며 손을 이불 밑으로 넣었다. 꽁꽁 얼었던 손발이 지글지글 풀리기 시작했다.

"무슨 걱정거리라도 있으신지요?"

훈장은 부쩍 흰 머리카락이 늘어나 있었다. 뭔가 좋지 않은 일이 있다는 것을 직감했다.

"나는 내일쯤 올 거로 생각했다. 그래, 공부는 잘하고 있느냐?"

"예, 혼자 하는 공부라서 성현의 가르침에 쉬이 가닿지 않을 때가 많습니다."

"그럴 게야. 네가 옛 한과 당나라 학자들 생각을 좇아서 경서의 글귀를 다듬고 정리한 내용을 다 보았다. 어렵고 힘든 일을 해냈더구나. 그런데 세상에 내놓을 때는 신중에 신중을 더해야 하느니라. 선비라는 사람들 마음이 좁고 너그럽지가 못한 면이 있단다. 그들이 트집을 잡을 게 분명하다. 내가 오늘 보자고 한 것은 그 일로 네가 다칠까 봐 걱정되어서다."

"명심하겠습니다."

훈장은 지그시 눈을 감고는 뭔가 할 말을 꺼내지 못하고 망설였다. 규준은 가만히 훈장의 말을 기다렸다. 한참 뒤에 훈장은 헛기침을 두어 차례 하고 말을 꺼냈다.

"며칠 뒤에 이 마을을 뜰 것이야."

"아니, 무슨 말씀이세요. 제가 믿고 의지할 분은 오직 훈장님뿐입니다. 그런데 다른 곳으로 가시다니요. 어디로 가신단 말씀입니까?"

규준은 떼를 쓰고 싶은 마음이었다. 훈장의 손을 덥석 붙잡았다.

"나라가 몹시 어수선하구나. 한양에 올라가 볼 생각이다. 벼슬 아치들의 횡포에 짓눌린 백성들의 신음이 산천에 가득하고, 서양 이리 떼가 국경을 넘고 있는데 조정 대신들은 이 위급한 상황을 외면한 채, 내 편, 네 편을 따지며 싸우고들 있으니 내 이번에 죽기를 작정하고 상소를 올려볼 참이야."

"후, 훈장님!"

규준은 훈장의 눈에서 일어나는 뜨거운 불길을 보았다. 순간 잡았던 손을 놓고 뒤로 흠칫 물러났다. 이번에는 훈장이 규준의 손을 끌어 움켜잡았다.

"애야! 어느 가문, 어느 학맥, 그 누구와도 얽히거나 매이지 않은 너의 자유로운 학문이 부럽다. 너를 낳고 키운 산천을 읽고, 하늘의 운행 의미를 깨우치면 성현들이 남기신 진리를 제대로 맛보게 될 것이다. 한나라와 당나라, 송나라를 거치며 다듬어 온 경서를 오늘에는 왜 다듬지 못할까? 시대가 변하고, 사람살이가 달라지는 만큼 경서의 깨우침도 변화하기 마련이다. 그런 변화를 읽어내지 못하는 청맹과니 같은 고집들이 오늘날 조선을 무너뜨리고 있는 거야."

훈장은 뜨거운 입김과 함께 가슴에 품고 있던 이야기를 토해 놓았다. 규준은 그 이야기 속에 담긴 의미를 가슴에 새겼다.

"규준아! 그러나 네가 하는 일은 참으로 위험하고 외로운 공부가 될 것이야. 내 이 고을을 떠나면서 네게 이 말을 꼭 당부하고 싶었다. 부디 네 삶에서 공자님과 맹자님이 남긴 가르침의 참다운 향기가 떠나지 않도록 하여라."

규준의 손을 움켜잡은 훈장의 손이 부들부들 떨고 있었다.

"예, 명심하겠습니다."

규준은 일어나서 절을 하고는 훈장의 얼굴을 바로 보았다. 마지막이란 느낌이 들었다.

"이제 돌아가거라."

불꽃 같은 가르침을 더 듣고 싶었으나 그럴 수가 없었다.

"이만 돌아가겠습니다. 먼 길 평안하십시오."

훈장은 눈을 뜨지 않았다. 돌부처처럼 꼿꼿이 앉아서 움직이지 않았다. 대숲을 지나온 바람이 문풍지를 잡고는 쇳소리를 질렀다. 훈장이 가야 할 험난한 길을 미리 일러주는 것만 같았다.

이제 규준이 기댈 곳은 책뿐이었다. 책 속으로 빠져들었다. 그러는 사이에 함께 공부하겠다는 사람들이 간간이 모여들었으며, 그들이 퍼뜨린 입소문으로 규준의 이름이 차츰 다른 지방으로 알려지기 시작했다. 그러나 규준은 다른 사람의 평가에 얽매이지 않고 새처럼 자유롭게 성현의 세상을 날아다녔다. 높이 날수록 넓은 세상을 볼 수 있는 것처럼 성현들의 높고 넓은 이상 세계를 향해 날아오르고 또 날아올랐다.

규준은 혼자만의 공부에 그치지 않았다. 함께 공부하는 사람들과 쉼 없는 토론을 벌여나갔다. 아울러 뒤따라오는 사람들을 위하여 성현들이 남긴 서책의 내용을 항목별로 분류하고 새롭게 정리해 나갔다. 경서 내용 중에서 그 의미가 혼란스럽거나 어려운 내용이 있을 때는 알기 쉽게 해석하여 성현들이 말했던 원래의 뜻을 찾아놓기도 했다.『육경소주』의 글귀를 다듬어『육경주』편찬 작업을 시작하였다.『경수』『전례』『논어』『효경』『당송고시』『후천자』등도 다듬어 정리해 나갔다. 그야말로 규준만의 독창적인 학문 세계를 이룩해 나갔다.

이를 가장 반기고 기뻐한 이가 아버지였다. 몰락한 집안을 일으키기 위해서는 자식들이 급제하여 벼슬길로 나가야 한다고 생각했고, 그 역할을 규준이 해줄 것으로 기대하고 있었다.

의술에서도 소문이 번져나가고 있었다. 김 의원이 오히려 처방을 물을 만큼 규준은 의원의 능력도 갖추어 가고 있었다. 그러나 스스로 의원이라는 말은 내세우지 않았다. 아버지의 말에 따라 과거에 급제하여 벼슬길로 나아가려는 생각이 더 컸다.

아버지를 여의다

:

시름시름 앓으면서도 규준의 든든한 언덕이 되어주던 아버지
가 덜컥 말문을 닫고 말았다. 김 의원이 수시로 찾아오고, 명이
낭자가 처방대로 약을 지어오면 규준은 정성을 다해 약을 달였
다. 규준은 김 의원과 함께 여러 의서와 임상들을 살펴 가며 아
버지를 돌보았다. 하지만 아버지는 끝내 일어나지 못하였다.

"규준아! 가까이 와서 맥을 짚어 보아라."

김 의원이 규준의 손을 잡아끌었다. 규준은 아버지의 손목을
잡았다. 이상하게도 맥이 잡히지 않았다. 놀란 눈으로 김 의원을
올려다보았다.

"맥을 마음으로 보아라."

눈을 감고 숨을 천천히 내쉬며 마음을 가라앉혔다. 가슴을 치
밀고 있던 설움이 진정되고 있었다. 그제야 손끝으로 맥이 들어
왔다. 느리고 가는 맥이 보였다. 그 맥조차 점점 가늘어지더니

맥과 맥 사이 간격이 멀어져 갔다.

"아, 아버지!"

한숨 같은 신음이 규준의 가슴 밑바닥에서 올라왔다.

"그래, 이제는 보내드려야 한다."

김 의원은 규준의 등을 토닥이며 가족들을 둘러보았다.

맥이 잦아드는가 싶었는데 긴 토굴을 지나온 바람이 아버지에게서 빠져나갔다. 이승과 저승의 경계에서 규준도 숨이 딱 멎었다.

"아버지!"

규준은 아버지의 볼에 볼을 가져다 대고는 울음을 토했다. 따뜻하게 볼을 감싸주던 아버지의 손길이 떠나가고 있었다. 가족들의 서러운 울음소리가 높아졌다.

허망하게 아버지를 떠나보내고 말았다.

"너의 정성이 몇 차례나 아버지를 살렸어. 슬퍼하지 말라는 소리는 못 하겠지만 자네는 아버지를 위하여 할 만큼 했네. 자네는 효자였어."

규준이 아버지를 위하여 바친 정성을 모두 알고 있는 김 의원은 규준을 위로했다.

아버지를 여의고 규준은 반성했다. 의서에 지나치게 의지했던 게 후회뇌었다. 사람마다 체질이 다르며, 그 체질과 함께 계절, 살고 있는 자연환경을 충분히 고려하여 약 처방을 하여야 한다는 것을 다시금 깨달았다. 의서들을 끌어안고는 다시 읽어나갔다. 임상을 거듭하면서 의서에 담긴 내용과 그 뒤에 있는 숨은 뜻까지 찾아내려고 애를 썼다. 약재와 체질의 관계도 따져 보았다.

특히 『동의보감』을 읽고 또 읽으며 백성들이 누구나 실제 생활에서 활용할 수 있는 부분을 알기 쉽게 정리해 나갔다. 그뿐만 아니라 『황제내경』도 다시 읽었다. 앞뒤 순서가 바뀌거나 반복해서 늘어놓은 부분이 자꾸만 눈에 띄었다. 너무나 오래된 의학서라서 전해 내려오는 과정에서 덧붙여지기도 하고, 옮겨 적는 사람에 따라 뜻과 내용이 달라진 것도 발견되었다. 규준은 그런 부분을 그냥 넘겨버릴 수가 없었다. 그냥 둔다면 다음에 공부하는 사람들이 잘못된 내용을 익혀서 병자들을 그릇되게 치료할까 두려웠다. 『황제내경』을 제대로 정리하면서 임상을 통해 확인한 생각을 덧붙여 나가기 시작했다. 이 일들이 수년 안에 마무리될 것 같지 않았다. 그러나 규준은 망설이거나 두려워하지 않았다. 자신이 다져놓는 만큼 후세가, 또 백성들이 따라올 수 있는 길이 되겠다는 확신이 생겨났다. 완성에 대한 조급함보다는 한 발이라도 더 나아가자고 마음을 다잡았다. 과거 급제도 중요했지만, 이 모든 일이 결국은 가난하고 배움이 없는 백성을 위한 일이었다. 그래서 더욱 그 일을 멈출 수가 없었다. 몸이 상할 만큼 그 일에 매달렸다.

'밖에 나와 본 게 얼마 만인가?'

마당으로 걸음을 내딛는 순간 앞이 캄캄해지면서 심한 현기증이 일었다. 머리를 감싸고는 댓돌 위에 주저앉았다. 깊게 또 천천히 숨을 내쉬며 정신을 가다듬었다. 차츰 어지러움이 가라앉았다. 그동안 김 의원의 심부름으로 명이 낭자가 여러 차례 다녀갔지만 만나지 않았다. 작정하고 들어앉아서 책만 파고든 3년이었다.

나온 김에 아버지 묘소를 찾아갔다.

따뜻한 기운이 가득히 일어나는 5월, 산길이었다.

'기가 약하다.'

김 의원이 아버지 맥을 짚어보고는 처음으로 들려준 말이었다. 그 말을 규준은 잊지 않고 있었다. 아버지는 선천적으로 약한 기를 가지고 태어났기 때문에 늘 병을 달고 지낼 수밖에 없다는 말이었다.

'기는 도대체 무엇인가?'

'기는 사람의 생명과 생명 활동을 유지하는 동력이 되는 요소다.'

규준은 천천히 걸음을 옮기며 스스로 묻고 답하기를 거듭했다.

5월의 해가 생명의 기운을 북돋우었으며, 그 온기가 규준을 감쌌다. 가슴이 활짝 펴지고 몸이 한껏 가벼워지면서 눈길은 멀리 산봉우리와 능선을 향했다. 산천도 푸르고, 하늘도 푸르고, 규준도 푸르러지고 있었다. 산천과 규준이 한 몸이 되어갔다. '사람도 자연과 다름이 아니로다.' 온몸으로 그 이치를 깨닫고 있었다.

'사람에게 기는 어쩔 수 없이 받아들여야 하는 것일까?'

규준이 물었다. 또 다른 규준이 『동의보감』을 뒤적였다.

'기에는 어쩔 수 없이 짊어져야 하는 선천적인 면이 있는가 하면 섭생 즉 그 생명체가 병에 걸리지 않도록 건강을 잘 관리하는 데서 얻어지는 기가 있다.'

'그렇다면 우리 몸에 존재하는 두 가지의 기는 따로 작용하는가, 함께 역할을 수행하는가?'

규준은 잠시 망설였다.

'함께 와 따로'라는 말로는 우리 몸에서 일어나는 기를 풀 수가 없다네. 사람에게 작용하는 기는 작용하는 부위와 역할에 따라 나눌 수 있어. 가슴 속에서 작용하는 기, 혈맥 안팎에서 우리 몸으로 들어오는 병을 막는 기, 몸의 활기를 위해 영양을 돕는 기 모두 '따로 혹은 함께' 그 역할을 하고 있다고 보아야 할 것이야.'

'어디 그뿐이야? 오장육부에 있는 기는 장기에 따라 이름을 달리 부르고 있지. 특이하게도 병을 유발하는 기를 책에서는 사기라고 하는데 사기에는 한기, 습기, 열기, 화기, 조기 등이 있다고 보는 거야.'

규준과 규준은 생각을 주거니 받거니 하면서 아버지 산소를 돌아본 뒤에 산에서 내려왔다. 문답이 짜증스럽지 않았다. 논쟁에서 이기려고 애쓰지 않았으며 억지를 부리지도 않았다. 그러자 기분이 상쾌해지고 생각이 명쾌해졌다. 산천의 푸른 기가 규준을 가득히 채워주고 있을 뿐이었다. 그동안 슬픔과 안타까움, 곰팡이 냄새로 가득 차 있던 몸이 오월 산천의 양기를 받아들이면서 조화로워지고 있었다.

활짝 갠 얼굴로 김 의원 약방으로 발길을 돌렸다. 오랜만에 명이 낭자도 보고 싶었다.

명이 낭자는 마당에서 약재를 말리고 있었다. 만지고 다듬고 약재에 따라 볕을 나누어 주고 있었다. 규준이 마당으로 들어서자 다소곳이 일어서며 허리를 굽혔다. 규준은 가만히 서서 명이 낭자가 고개 들기를 기다렸다. 눈이 마주쳤다. 명이 낭자가 먼저 살짝 웃음을 지었다. 반가운 마음이 얼굴에 그대로 드러났다.

"잘 지내셨는지요?"

명이 낭자가 먼저 밝은 목소리로 인사했다.

"예, 낭자도……"

규준은 하고 싶은 말이 많았지만, 그 말들이 하나도 떠오르지 않았다. 헛기침만 두어 번 하고는 다시 고개를 숙였다.

"그럼."

그 마음을 다 알고 있다는 듯, 명이 낭자가 다시 살짝 웃어 주었다. 그리고 김 의원이 있는 방으로 눈길을 보냈다. 규준은 잠깐 멈칫대다가 멋쩍은 얼굴을 보이고는 안으로 들어갔다.

"걱정하였네."

김 의원이 안경 너머로 규준을 지그시 바라보았다.

"그동안 안녕하셨습니까? 제 선친의 마지막 걸음에 마음을 다해 주셨는데 인사를 제대로 차리지 못했습니다. 죄송합니다."

규준은 그동안 밀린 고마움과 안부 인사를 길게 했다. 김 의원의 따뜻한 배려를 잊을 수가 없었다.

"그래, 하던 공부와 일은 마무리되었는가?"

"예, 염려해 주시는 덕분에 조금씩 나아가고 있습니다."

"다행이다. 몸이라도 상하면 큰일이다 싶어서 조바심쳤다네. 매달려 있다고 쉬이 되는 일이 아니니까 천천히 하시게나."

김 의원은 규준의 얼굴색을 살펴보며 넌지시 우스개를 던졌다.

그 사이에 명이 낭자가 차를 준비해 왔다.

"낭자에게도 고맙다는 말을 하지 못했습니다. 정말 고맙습니다."

그제야 규준의 말문이 트였다.

"마당에서 보지 않았는가?"

"보, 보았습니다만……."

더듬대는 규준을 보며 김 의원이 넌지시 놀렸다. 명이 낭자가 얼굴을 붉히며 방을 나갔다.

"내 부탁 하나 함세. 그동안 집 안에만 있었으니까 바람도 쐴 겸 먼 길 한 번 다녀오겠는가? 내가 나서려니 이제는 나이도 있고, 힘이 부쳐서 그렇다네."

웃음기를 거두며 김 의원이 넌지시 왕진을 권했다.

"부탁이라니요. 제가 그동안 의원님께 입은 은혜가 산과 같은데 말씀해 주세요. 어디든지 다녀오겠습니다."

"그렇게 말해 주니 고맙네. 다름이 아니라 장곡 마을에 말에 차여 다친 사람이 있다네. 군마 목장 말치기, 목부야. 움직이지를 못한다고 하는 걸로 보아 뼈나 장이 상했는가 봐. 약재를 준비해 둘 테니 내일 다녀오게. 뜸과 침구도 챙겨놓겠네. 형편이 어려운 사람이야."

김 의원은 '형편이 어려운 사람이야.'라는 말끝에 안타까운 얼굴로 혀를 끌끌 찼다. 군마 목장 목부들의 삶을 잘 알고 있는 규준도 가슴이 먹먹해 왔다. 아울러 김 의원의 백발도 가슴을 아리게 했다. 그동안 눈여겨보지 않았는데 먼 길 나서기를 주저할 만큼 기력이 쇠하였다.

"예, 내일 아침 일찍 건너오겠습니다. 그 집을 자세하게 일러 주십시오."

규준은 약방을 나오며 동북쪽 금오산을 바라보았다. 그 산 너머에는 군사용 말을 치는 목부들이 흩어져 살고 있었다. 그들은 호미능 안쪽에 일곱, 바깥쪽에 일곱 마을을 이루고 있었다. 그들은 나라에서 분양해 준 말과 함께 살아야만 했다. 말을 잃어 버리거나 병들어 죽으면 어쩔 수 없이 물어내야만 했다. 그래서 그들은 말을 가족의 목숨보다 소중하게 여겼다. 애지중지 키우던 말에게 차였으니 어디 가서 하소연할 수도 없었다. 자신이 다친 것보다 벌을 받아 말을 돌볼 수 없을까 봐 가슴 졸이고 있을 게 뻔했다. 가슴이 아려왔다. 문득 백성들을 이렇게 힘들게 하는 나라에서 과거에 급제하여 벼슬을 하는 게 성현들의 가르침에 맞는지 의문이 들었다. 벼슬을 한다는 것은 백성을 괴롭히는 또 다른 관리가 될 뿐이라는 생각도 들었다. 그러나 이내 고개를 흔들어 그런 생각들을 지웠다.

영일만 바다 위로 백성들의 애끓는 가슴 마냥 붉은 노을이 내리고 있었다.

가난한 말치기

:

문밖이 훤히 밝아왔다.

"아이쿠 늦었네. 의원님이 기다리실 텐데."

간밤에 『당송고시』를 다시 다듬었다. 천년의 시간을 거슬러 올라가서 성현들과 시를 토론하느라 새벽이 온 줄도 몰랐다. 날이 밝은 뒤 왕진 가기 전까지 잠깐 눈을 붙인다는 게 그만 늦잠에 빠진 것이다.

병자를 보아야 하는 만큼 먼저 정신을 가다듬어야 했다. 마당으로 내려서서 앞산을 마주 보며 기를 모았다. 아직 해는 올라오지 않았지만 따듯한 기운이 아지랑이처럼 다가왔다.

장곡까지는 걸어서 서너 시간 거리였다.

"잘 잤는가?"

김 의원이 마당에서 서성이다가 규준을 맞아하였다.

"해안을 따라 곧장 가다가 학달비재를 넘고 다시 산모롱이를 돌아서 긴 골짜기를 따라 들어가면 장곡 마을이네. 분월이재를 넘지 말고 동쪽 골짜기를 따라 곧장 들어가야 마을이 나타날 거야. 그 마을에서 '박가 성을 가진 말치기' 하면 금방 알려줄 거야. 어서 가시게."

"가져갈 약재는 어디 있습니까?"

김 의원이 슬쩍 웃었다.

"약재는 이미 출발했네. 자네를 기다리다가……."

"누가 같이 가는 겁니까?"

김 의원이 다가와서 규준의 등을 밀었다.

"명이가 도울 것이네."

"명이 낭자가 같이 간다는 말씀입니까?"

규준은 놀란 눈으로 김 의원을 바라보았다.

"혼자 손으로 그 병자를 돌보기는 어려울 거야. 손이 많이 필요한 사람이라네. 자네 걸음이 빠르니까 명이가 먼저 갔다고 해도 홍곶 마을에 가기 전 따라잡을 수 있을 거야."

규준은 더 지체할 수가 없었다. 명이 낭자 혼자 외진 길을 간다는 말에 마음이 조급해졌다. 그런 표를 내지 않으려고 했지만 자꾸만 걸음이 빨라졌다. 명이 낭자의 웃음기 가득한 얼굴이 자꾸만 머리를 뱅뱅 돌았다. 일렁대는 바다와 푸른 소나무, 예쁜 얼굴을 뽐내는 풀꽃들은 눈에 들어오지도 않았다. 고향 마을 임곡을 지날 때는 돌아가신 큰아버지 얼굴이 잠깐 스쳐 지나갔다. 아련한 기억이었다. 큰집은 그대로 임곡에 있었다. 조상 대대로 물려오던 서책을 규준에게 내려 주었던 큰아버지였다. 그만큼 규준에게 거는 기대가 컸다. 이제는 사촌 형이 그 집을 지키고 있었다. 큰아버지와 큰어머니가 돌아가신 뒤에는 명절이나 제사 때 찾는 게 고작이었다. 고향도 자주 찾지 않는 만큼 멀어진 느낌이었다. 그러나 이양선만은 기억 속에 생생하게 살아 있었다.

잠깐이었다. 그런 생각도 잠깐, 명이 낭자 얼굴이 더 크게 머리를 채웠다. 하선대를 지나자 바닷물이 발목을 잡을 것처럼 다가왔다. 용왕이 하늘에서 내려온 선녀를 본 뒤로 그만 사랑에 빠졌다는 이야기가 전해지는 갯바위였다. 그 이야기를 떠올리며 규준은 피식 웃었다. 빨리 따라잡아야 한다는 생각에 걸음을 더 빨리했다. 아직 해가 뜨거워지지 않았지만 얼굴은 온통 땀이었다. 숨도 차올랐다. 그러고 보니 규준은 걷는 게 아니라 자신도 모르게 뛰고 있었다. 작은 고갯길을 오르자 등에도 땀이 줄줄 흘러내렸다.

홍곶이었다. 해안을 따라 늘어선 긴 소나무 숲으로 바다가 멈칫, 멈칫 다가서고 있었다. 고갯길을 내려서면서 규준은 길게 숨을 내쉬고는 잠깐 걸음을 멈추었다.

'아! 명이 낭자.'

소나무 숲, 그 끝에 명이 낭자가 가고 있었다.

"명이……."

소리쳐 부르려다가 급히 입을 막고는 주변을 둘러보았다. 보는 사람은 없었다. 그때 명이 낭자가 뒤를 돌아보았다. 규준이 손을 번쩍 쳐들었다.

명이 낭자도 규준을 기다리고 있었다. 한 걸음, 한 걸음 뗄 때마다 규준을 생각하였다. 걸음은 앞으로 향하고 있었지만 눈은 자꾸만 뒤를 향했다.

제법 먼 거리였지만 두 사람의 눈이 마주쳤다. 보이지는 않았지만 명이 낭자도, 규준도 환하게 웃었다. 서로 그렇게 느끼고 있었다. 좀처럼 뛰지 않는 규준이었지만 마구 뛰었다. 명이 낭자가 그 모습을 보며 길옆으로 비켜서서 규준을 기다렸다.

"그러시다가 넘어지시면 어쩌려고……."

명이 낭자가 수줍게 웃으며 규준을 맞이하였다.

"혼자 가셨다기에 걱정했습니다."

규준은 덥석 손이라도 잡고 싶은 마음이었다. 명이 낭자도 마찬가지였다. 두 사람은 마주 보며 싱겁게 웃고는 나란히 걷기 시작했다.

명이 낭자가 들고 있던 보따리를 규준이 움켜쥐었다. 약재와 침구였다.

"그렇게 무겁지 않답니다. 제가 들고 가겠어요."

"아닙니다. 제가 들게요."

서로 밀고 당기고 실랑이를 하다가 명이 낭자가 양보하였다. 막상 만났지만 별로 할 말이 없었다. 마을을 지나거나 사람들이 보이면 규준이 두어 걸음 앞서서 걷다가 보이지 않으며 다시 가까이 다가서곤 했다. 그러다 눈이 마주치면 한 번씩 웃다 보니 어느새 학달비 고개를 넘고 있었다. 학달비 고개를 넘자 바람이 달랐다. 음습한 바람이 가슴을 쓸었다. 섬뜩한 느낌에 규준은 주변을 둘러보았다. 동쪽과 남쪽 산이 따뜻한 기운이 들어오는 길을 가로막고 있었다. 가슴이 답답해 왔다.

　장곡은 봉화산 아래 깊은 골짜기에 숨어 있었다.

　목부는 오두막에 혼자 누워 있었다. 오랫동안 불을 지피지 않았는지 방안에는 찬 기운만이 가득했다. 규준은 맥을 짚기 전에 병자의 얼굴과 방안 모습을 찬찬히 살폈다. 볕이 제대로 들지 않는 칙칙한 방과 켜켜이 쌓인 가난이 목부를 짓누르고 있었다. 명이 낭자는 침구를 규준 옆에 펼쳐 놓고 일어섰다.

　"무얼 하시려고?"

　"방에 불부터 지펴야겠어요."

　규준이 고개를 끄덕이며 빙긋 웃었다. 규준도 그 생각을 하고 있던 참이었다. 규준은 병자 곁으로 다가가서 윗옷을 올렸다.

　"아니, 그냥 차인 게 아닌데. 짓밟혔잖소. 어떻게 이런 일이 일어난 거요? 자세히 말해 주시오."

　몇 차례 숨을 몰아쉰 뒤에 그는 말했다.

"싸우는 수말들 사이에 들어갔다가 넘어지는 바람에 차이고 밟혔구먼요."

목부가 넘어지자 말들은 말들대로 겁을 먹고 더욱 날뛰었고, 뒤늦게 다른 목부들이 알고 달려왔지만 이미 초주검이 되어 있었다고 했다.

불이 들어오면서 방에서 습한 기운이 차츰 가셨다. 규준은 그제야 가만히 맥을 짚었다. 힘들게 살아온 삶이 그대로 맥에 얹혀 있었다. 문득 서당에서 학동들에게 맞아서 까무러쳤을 때가 떠올랐다. 맥을 찾아서 침을 놓던 따뜻한 김 의원의 손길이 느껴졌다. 침이 아니라 그 손길이 멍을 삭히고 피를 돌게 한 것이라는 생각이 들었다. 규준은 따뜻한 마음으로 침 자리를 찾아갔다.

목부는 잠이 들었다. 이마에 송골송골 맺힌 땀을 가만가만 닦아 주었다. 시렁에 얹힌 이불을 내려서 다리를 덮어 주었다.

"처방전을 주시지요."

명이 낭자가 살며시 문을 열었다. 그을음이 명이 낭자의 이마에 묻어 있었다. 깊은 아궁이에 불을 붙이느라 고개를 거꾸로 박고 '후후' 바람을 불어대다가 묻은 모양이었다. 규준은 그 얼굴이 재미있어서 빤히 바라보았다. 명이 낭자가 황급히 손으로 얼굴을 가리며 물었다.

"얼굴에 뭐가 묻었어요?"

"아, 아니요."

규준은 소리 내어 웃으려다가 입을 막으며 수건을 건넸다. 그러고는 밖으로 나왔다. 들고 온 약재를 따뜻한 댓돌 위에다 펼치고는 다섯 첩을 만들었다.

보고 있던 명이 낭자가 그중 한 첩을 골라 약탕기에 넣고 화로 위에 올렸다. 약 한 첩은 달여 주고 가야겠다는 생각을 했던 모양이었다. 이미 아궁이에서 장작 불씨와 숯을 화로에 담아두고 있었다.

규준은 추녀 끝에 나와 앉았다. 해가 하늘 가운데 올라와 있었다. 방안과 달리 5월의 햇살은 너무나 밝았다. 목부네 집은 담이 따로 없었다. 마당이 산자락이었고, 바로 산길로 이어져 있었다. 양지바른 길가엔 풀꽃들이 다투어 피고 있었다. 그 위로 나비가 날았다. 노랑나비 한 마리가 날아오르는데 그 뒤를 따라서 또 한 마리가 따라 날았다. 두 마리 나비는 서로 위로 아래로 자리를 바꾸어 가며 춤을 추었다.

불꽃이 파랗게 일어나자 명이 낭자는 부채질을 멈추고 뒤로 물러앉았다. 얼굴이 온통 진달래 꽃빛이었다. 명이 낭자는 병자를 위하여 정성껏 약을 달였다.

두어 시간 지나자 방안에서 기척이 느껴졌다. 목부가 깨어난 모양이었다. 규준은 방으로 들어가서 목부를 다시 눕혔다. 가만히 맥을 짚어보았다. 맥이 살아나고 있었다. 몸도 많이 따뜻했다. 명이 낭자가 약사발을 들고 들어왔다. 규준은 병자를 안아 일으켜서 약을 먹게 했다. 온몸이 땀에 젖어 있었다.

규준은 남은 약 네 첩을 내어 주었다. 집에서 치료할 방법도 일러 주었다.

"그런데 가족은 없소?"

목부는 규준의 눈치를 슬쩍 살피더니 길게 한숨을 내쉬었다.

"왜 없겠습니까. 저도 아내가 있었구먼요."

"말을 돌보러갔어요?"

목부를 대신해서 목장으로 올라간 것 같아서 넘겨짚었다. 목부는 마지못해 더듬거리며 대답했다.

"말은 아무나 돌볼 수가 없구먼요. 평생 말과 살아온 저도 이런 일이 생기는데요."

"아니 그러면 도망갔다는 거요?…… 아차! 내가 말을 함부로 했네요. 용서하세요."

평소 신중한 모습과는 어울리지 않는 말을 해놓고는 이내 사과를 했다.

"아니구먼요. 제가 의원님 말씀에 딱 부러지게 대답을 안 해서 그런걸요. 저어, 제 집사람은 업병에 걸려 산속에 숨어 지내는구먼요."

규준은 한동안 말을 못 하고 목부를 바라보았다. 어둠침침한 방안이었지만 글썽거리는 눈물을 똑똑히 볼 수가 있었다.

"업병이라……."

규준은 깊게 한숨을 내쉬었다.

"죄송합니다요."

목부가 흐느끼며 앞으로 쓰러졌다.

"죄송할 게 없지요. 죄송해야 할 사람들은 따로 있소이다. 백성을 돌보지 않는 그들이요."

규준의 가슴도 서서히 무너졌다. '나라가 무엇이란 말인가?' '백성은 또 무엇인가?' 이런 물음 끝에 공자의 대답이 떠올랐다.

계강자가 공자에게 물었다. '백성들이 윗사람을 공경하고 나라에 충성하게 하려면 어떻게 해야 합니까?' 공자께서 대답하였다. '백성들을 정중하게 대하면 윗사람을 공경하고, 부모에게 효도하고, 다른 사람을 사랑하며 나라에 충성할 것이다. 그러므로 능력 있는 사람을 뽑아서 부족한 사람을 가르친다면 백성들은 그렇게 될 것이다.'

"그들이 누굽니까?"

목부가 눈물을 훔치며 의아한 얼굴로 물어왔다.

"서로 편을 가르고 쓸데없이 싸워대는 벼슬아치들이지요. 백성들의 신음이 천지에 가득한데 그들은 눈과 귀를 막고 있어요."

"어떻게 그런 말씀을……."

목부는 눈이 뚱그레져서 규준을 쳐다보았다. 규준은 더 말을 했다가는 다른 사람이 위험해질 수 있다는 생각에 입을 닫았다.

규준은 약 먹는 법을 일러주고 목부네 집을 나섰다. 목부는 지팡이에 아픈 몸을 의지한 채 마당으로 내려와 배웅하였다.

"아 참, 숨어있다는 가족은 치료받고 있소?"

"그냥 죽는 날만 기다린답니다."

"어떻게 그럴 수가."

규준은 긴 골짜기를 다 걸어 나온 뒤에 목부네 집을 돌아보았다. 집이 보이지 않았다. 하늘의 해는 그대로 있었고, 산은 푸르기만 했다. 그러나 목부의 신음은 여전히 귓가에 맴돌았다. 가슴이 먹먹했다. 아무도 함께하지 않는 그들의 아픔을 치료해 주고 싶었다.

"뭘 그리 골똘히 생각하세요?"

뒤따르던 명이 낭자가 말을 걸었다.

"한 번 더 와야겠어요."

"그 가족을 봐 주시려고요?"

규준은 고개를 끄덕였다. 명이 낭자도 가만히 고개를 끄덕였다. 그때도 함께 오고 싶은 눈치였다.

"손에 따로 들고 있는 건 뭡니까?"

명이 낭자의 다른 손에는 여전히 풀지도 않은 짐 하나가 들려 있었다. 명이 낭자가 집에서 준비해 온, 규준과 함께 먹을 음식이었다. 그러나 어디 가서 먹자는 말을 차마 꺼내지 못하고 있었다. 목부와 음식을 나누지 않았다고 나무랄 것 같았다. 명이 낭자도 목부에게 함께 먹자는 말을 미처 꺼내지 못한 게 마음에 걸렸다. 큰 죄를 지은 것만 같았다. 그렇다고 그냥 음식을 숨기고 갈 수도 없었다.

"저어, 여기 좀 기다려 주시겠어요?"

이번에는 명이 낭자가 걸음을 멈추었다.

"놓고 온 물건이라도 있으세요?"

"제가 잘못했어요. 이 음식을 목부와 함께 나눠야 하는데 미처……. 지금이라도 가서 전해 주고 싶어요."

규준은 명이 낭자 얼굴을 보았다. 난처한 마음이 얼굴에 그대로 드러나 있었다.

"이리 주세요. 제가 걸음이 빠르지요. 저도 망설이다가 전하지 못한 말이 있네요."

규준은 빼앗듯 보자기에 싼 음식을 받아 쥐고는 목부네 집으로 달려갔다. 음식과 함께 다시 와서 업병을 봐 주겠다는 약속도 전했다. 마음이 후련해졌다.

해안을 따라 한참 걷다가 규준이 걸음을 멈추었다.

"여기 '구룡소'라는 절경이 있다는데 가 보셨어요?"

"못 가보았어요. 이렇게 먼 나들이도 처음인걸요. 의원님이 혼자 가신다기에 제가 돕겠다고 아버지에게 떼를 써서 나들이 허락을 얻은걸요."

명이 낭자가 처음으로 활짝 웃었다.

"의원이라니요 당치 않습니다."

규준이 두 손을 흔들었다. 그러나 명이 낭자는 고개를 저었다.

"최고의 의원이십니다. 다친 몸보다 아픈 마음을 먼저 다독이시는 모습에서 명의의 얼굴을 보았습니다."

"칭찬이 지나치십니다."

민망해진 규준은 구룡소로 걸음을 옮겼다. 바닷바람이 달려와서 두 사람을 맞이했다. 바다로 뻗어 나간 산자락 끝에 갯바위들이 앉아 있었다. 으슥하게 돌아앉은 갯바위에는 커다란 구멍들이 숭숭 뚫려 있었다. 파도가 한 차례 밀려와서 갯바위를 쳤다. 바위가 우렁우렁 울더니 울컥, 울컥 구멍을 타고 물줄기가 치솟았다. 물줄기가 잦아든 구멍을 들여다보았다. 캄캄한 바닥에서 서늘한 기운이 스멀스멀 기어 올라왔다. 천천히 아주 은밀하게 거대한 용이 꿈틀대고 있었다. 바다, 그 깊은 바닥을 울리는 소리가 규준의 가슴으로 와서 거대한 울림을 만들었다. 용이 내뱉는 울음이었다. 바다의 울림과 가슴의 울림이 서로 맞닿더니 또 한 마리의 용이 되어 구룡소를 박차고 하늘로 날아올랐다.

갖가지 세상일, 어지러운 먼지 떨치려고
마음 가는 대로 생각 없이 바닷길을 걷는다.
바위 아래 벗을 찾아가 함께 홍로주 마시며
하늘가에 떠오르는 시를 비단 종이에 적어본다.
용이 뜻을 멀리 두니 구름은 연못에 숨고
학이 옛터를 버리니 달만 누대에 가득하다.
봄바람이 꾀꼬리 가까이에서 부는 것을 보니
이미 황금빛 버들가지가 찾아왔구나.

- 이른 봄 바다를 따라가다 -
(영일만에는 구룡소와 하선대가 있다)

명이 낭자가 가만히 듣고 있다가 물끄러미 규준을 바라보았다.
"구룡소를 박차고 오른 용처럼 큰 뜻을 펼치세요."
규준은 빙그레 웃었다.
"또 저를 부끄럽게 만드시는군요."
"그렇지 않아요. 봄이 이미 다가와 있듯이 의원님의 꿈도 그럴
거예요."
"우리 같은 사람에게 그런 세상이 과연 올까요?"
"저는 믿어요."
그때 난데없이 한 무리의 사람들이 구룡소로 내려서며 규준

을 알은체했다.

"어허, 이게 누구신가?"

규준이 소리 나는 쪽으로 고개를 돌렸다. 명이 낭자는 당황하여 한쪽으로 돌아서 앉았다.

"뉘시오?"

그들은 얼굴이 불그레하였다. 낮술에 취해 있었다. 옷차림도 풀어져 있었으며 걸음도 비틀거렸다.

"뉘시오, 라니? 나를 몰라보다니 이거 영 섭섭하구먼. 10여 년 전 구동 서당에서 만났을 텐데."

규준은 정신이 번쩍 들었다. 구동 서당에서 접장 노릇 하던 이화익이었다.

"그 접장이시군요. 그때 우리 학동들 사이에선 큰형님이셨지요. 그간 안녕하셨습니까?"

규준은 일어나서 예의를 갖추었다. 그러나 그는 예전과 달라진 게 없었다.

"그 접장이라니! 여전히 버릇없고 건방지구먼. 나는 접장이 아니라 이제는 훈장이야. 네놈을 끼고돌던 그 훈장이 떠나고 내가 그 서당을 맡았다 이 말이야."

빈정빈정 시비를 걸어왔다. 그러나 규준은 흔들리지 않았다.

"아, 그렇습니까? 이제는 학문도 상당한 경지에 이르렀겠습니다. 언제 한 번 배움을 청하겠습니다."

"하아, 이규준, 이 건방진 자식 보게나. 주자와 놀고, 공자를 만났다는 놈이 배움을 청해? 너 지금 나를 비웃는 것이지?"

그는 비틀거리며 규준의 가슴을 툭툭 밀쳤다.

이를 보다 못한 명이 낭자가 규준의 옷자락을 잡아끌었다.

"그만 피하시지요."

규준도 그게 옳겠다는 생각에 고개를 숙여 인사를 하고는 돌아섰다.

"어딜 함부로 가겠다는 거야. 건방진 녀석. 남의 집 여인네까지 끼고 말이야."

명이 낭자까지 걸고 들어갔다. 무례하기 짝이 없었다. 규준은 모욕을 더는 참을 수가 없었다.

"말씀이 지나치십니다."

"뭐 말씀이 지나쳐?"

점점 싸움이 커지자 같이 온 사람들이 나서서 말렸다.

"많이 취했습니다. 훈장님은 제가 달랠 테니 그만 가시지요."

"예. 그러지요."

말리던 사람은 미안했는지 인사를 해왔다.

"선비께서 이규준이십니까? 무슨 일로 여기까지?"

"예, 장곡에 사는 목부가 다쳐서 치료하러 왔답니다."

그러자 그 사람은 눈이 뚱그레지면서 다시 물었다.

"아니, 그 집 여자가 업병을 앓아서 아무도 드나들지 않는데 그 집엘 갔다고요? 그렇다면 의원 일도 하십니까?"

"의원이라고 말하기는 그렇습니다만."

"소문대로 정말 훌륭하십니다. 선비님."

뒤에서 비틀거리던 이화익이 그 말에 더욱 약이 올랐다. 그 사람 어깨를 거세게 잡아당겨 뒤로 밀쳐내고는 또 고함을 질렀다.

"이제는 의원 흉내까지 낸다고, 업병을 치료한단 말이야? 이 사기꾼!"

규준은 명이 낭자에게 저만큼 먼저 피해 있으라는 눈짓을 보냈다. 험한 말을 명이 낭자가 듣게 할 수는 없었다. 그 사이에 이화익이 다가와서 규준의 멱살을 잡았다. 함께 온 사람들이 나서서 말렸다. 이화익은 소리쳐 그들을 물리치고는 다시 규준에게 달려들었다.

"주자를 만났다고? 의원이 되었다고? 네놈의 허깨비 소리를 오늘 내가 고쳐주마."

접장의 그 말을 규준은 똑똑하게 기억하고 있었다. 서당에서 백일장이 열리던 날 들은 말이었다. 그러나 규준은 화를 내지 않았다. 그냥 설핏 웃어넘기며 돌아섰다.

"네놈이 또 나를 비웃었어?"

옹졸한 사람들이 벌이는 시비 모습을 접장은 그대로 보여주고 있었다. 바위 위를 비틀거리며 규준에게 달려들었다. 규준은 슬쩍 몸을 돌려 그를 피했다. 균형을 잃은 그가 휘청대다가 그대로 바다에 나가떨어졌다. 같이 온 사람들이 뛰어들어서 그를 끌어올렸다. 물에 빠진 생쥐 꼴이었다. 바닷물을 토해내느라 바위에 엎드려 꺽꺽대고, 갓은 벗겨져 바다 가운데로 떠내려갔다. 규준은 그 모습을 물끄러미 내려다보았다. 그러자 조금 전에 규준과 이야기를 나누었던 마을 사람이 규준의 등을 밀었다.

"훈장은 저희에게 맡기시고 어서 가세요."

규준은 그의 얼굴을 한 번 보고는 돌아섰다. 저만큼 명이 낭자가 초조하게 기다리고 있었다.

사라진 과거시험

:

　1876년 조선은 일본과 수호조약을 맺었다. 그 뒤로 일본사람들이 우리 땅에서 마구 설쳐댄다는 흉흉한 소문이 들려왔다. 그러고 얼마 지나지 않아서 1882년에는 태평양 건너편에 있는 나라인 미국과 수호 조약을 맺었다는 소식도 들렸다. 규준은 임곡 나루에 올라온 이양선이 미국의 배는 아니었을까 하는 생각을 해보았다. 그러나 이내 고개를 흔들었다. 그들은 동쪽이 아닌 서쪽에서 왔다는 것을 나중에 연일현청 나졸들에게 들었다. 어쨌든 조선 땅에 다른 나라 사람들이 들어와서 설친다는 게 규준은 걱정이었다. 백성들을 내팽개치고 우왕좌왕하는 조정의 모습이 참으로 한심하였다.

　걱정이 하나하나 나타나기 시작했다. 나라를 지켜야 할 군인들이 술렁댄다는 소문이 들렸다. 도저히 믿어지지 않는 소식에 규준은 연일현청으로 달려가 보았다. 현청 나졸들은 그대로 있었으나 그들의 태도는 예전과 많이 달랐다. 대낮부터 술타령이나 벌이며 빈둥거리고 있었다. 또 현청이 없어질지도 모른다고도 했다. 현감 역시 서울 눈치나 살피고 있었다. 그들에게 백성은 아예 보이지도 않았다.

"아아, 대들보가 썩어 가는구나."

나라가 쓰러져 가는 모습이 보였다. 규준은 탄식하였다.

아니나 다를까 군란이 일어났다. 조정에서는 일본의 도움으로 신식 군대인 별기군을 조직하였다. 그런데 구식 군대와 달리 그들에게 특별 대우를 하였다. 구식 군대 군인들에게는 봉급미를 미루고 그나마 지급한 것도 겨와 돌이 섞인 불량미였다. 이에 불만을 품은 군인들이 난을 일으킨 것이었다. 처음에는 홧김에 일어났지만 점점 인원이 불어나면서 대원군의 지원까지 받게 되었다. 민씨 정권에 대한 대항이 나중에는 일본 세력의 배척 운동으로 확대되었다.

"단순히 군인들이 불만을 드러낸 것은 아닐 것이야. 그 뒤에 당쟁과도 같은 벼슬아치들의 술수가 숨어 있을 거야."

규준은 구식 군인들의 반란으로만 보지 않았다. 그것보다 큰 원인이 틀림없이 있을 거라고 보았다.

규준은 책을 덮고 일어섰다. 궁금한 일을 눙치고 있을 수가 없었다. 먼저 삼정에 있는 감목관 관아인 석병관을 찾아갈 생각이었다. 서울에서 내려온 감목관은 그쪽 소식을 잘 알고 있을 것 같았다.

석병관으로 가는 길에 구룡포에 사는 벗, 송고를 찾아갔다. 그는 고을과 고을을 넘나들며 사람 사귀기를 좋아하는 활달한 사람이었다. 그래서 누구보다 세상 물정에 밝았다.

"소문이 뒤숭숭한데 나랏일이 궁금해서 찾아왔다네. 도대체 어떻게 되어가고 있는 건가?"

규준은 자리에 앉자마자 궁금한 마음부터 털어놓았다.

"조선은 말이야 주인은 있지만 주인 노릇을 못 하는 꼴이라네."

"주인 노릇을 못 하다니? 그러면 임금은 뭣 하고 있는가?"

"임금이 있으면 뭣 하는가. 임금 말을 따르는 신하가 없는데. 손발이 없는 꼴이지."

"무슨 말을 그렇게 하는가. 그들도 나라에서 하는 과거를 통해 벼슬을 얻은 게 아닌가. 그렇다면 임금의 명을 따르는 게 마땅한 일일 텐데."

"이상한 소문이 돌아. 대신들이 제 나라 임금보다 힘 있는 나라 눈치를 보고 그에 따라 움직이고 있다는구면. 그러니 과거가 무슨 소용이겠는가. 다 소용없는 세상이 되어 버렸다네."

"과거가 소용없다니?"

과거 준비를 해온 규준은 가슴이 덜컥 내려앉았다.

"과거? 무용지물이 된 지 오래야. 시험 따로, 급제자 따로였다

는 걸 여태 몰랐는가? 자기네들끼리 나눠 먹던 그 과거라는 것
도 곧 없어질 거라고 하더구먼."

규준은 지금까지 쌓아온 탑이 한순간에 무너지는 느낌이었
다. 정신이 아뜩해지면서 앞이 캄캄해졌다. 장황하게 늘어놓는
송고의 이야기도 귀에 들어오지 않았다.

강화도조약 체결로 대원군의 통상수교거부정책이 힘을 잃으
면서 개화파가 힘을 얻고 있었다. 그러나 그 일도 쉽지만은 않
았다. 개화파의 문호개방정책에 따라 일본을 비롯한 다른 나라
와 통상관계 수립이 이어지면서 개화파와 수구파의 대립은 점
점 더 거칠어졌다. 이를 바라보는 백성의 혼란과 불안도 점점 깊
어만 갔다.

임오군란을 피하여 지방으로 내려갔던 명성황후는 개화파 김
윤식, 어윤중을 청나라로 보내 도움을 요청하였다. 이에 따라 청
나라 육군과 해군이 조선으로 들어왔다. 청나라 군대는 대원군
을 톈진으로 납치한 뒤, 민씨 정권을 다시 세우고 군란을 진압
하였다. 외세를 빌려 군란을 진압한 민씨 정권은 정권 유지를 위
해 청나라에 의존할 수밖에 없었으며, 숱한 간섭을 받아야만 했
다.

이에 뒤질세라 일본도 군대를 서울에 파견하였다. 자연히 서
울에는 두 나라 군대가 주둔하면서 서로 주도권을 움켜쥘 기회
를 노리고 있었다.

다음날 송고와 길을 나선 규준은 여전히 마음이 편치 않았다. 목표를 잃어버린 허망함은 쉽게 떨쳐지지 않았다. 지나가는 러시아와 일본 배를 향해 소리라도 지르며 분풀이를 하고 싶었다.

언덕이 바다 굽이를 막아 작은 강을 이루었네.
자라 등 푸른 산이 마주 보며 솟아 있다.
바윗등에 기댄 집에는 술과 게가 차려지고
숲 건너 배의 불빛은 글 읽는 창을 비추는구나.
시인은 흥에 취해 해오라기만 찾고
남쪽 나그네 낯익어 개도 짖지 않네.
오랑캐 배들이 오가는 길목
항아리 두드리며 큰 소리로 노래를 부른다.

― 송고와 함께 구룡포에서 묵다 ―

삼정에 있는 감목관 관아를 찾아갔다.
"뭔가 이상하네."
앞서가던 송고가 걸음을 멈추었다.
"뭐가 말인가?"
"빈집 같은데?"
그러고 보니 관아 문이 꼭꼭 잠겨 있었다. 대낮에 관아를 비워둔 게 이상하였다. 송고가 관아를 한 바퀴 돌아보았다.

"사람이 없는가?"

"어제오늘 비워둔 게 아닐세. 문짝 손잡이에 먼지가 뽀얗게 얹혔다네."

규준이 마구간으로 가보았다. 말 두 마리가 갇혀 있었다. 말이 규준을 보고는 머리를 흔들며 주둥이를 쳐들었다. 규준이 다가가서 머리를 안으며 볼을 문질렀다. 목덜미가 축축이 젖어 있었으며 턱뼈가 고스란히 잡혔다. 앞다리를 보았다.

"아니, 이럴 수가⋯⋯."

말이 앙상하게 말라 있었다.

"무슨 일인가?"

송고가 달려왔다.

"아무리 짐승이라지만 이렇게 내버려 두다니 쯧쯧쯧."

사방을 둘러보았지만 말먹이가 될 만한 게 없었다. 마음이 급해진 규준은 커다란 함지에 물을 가득 담아서 마구간에 밀어 넣었다. 목이 말랐던 말은 쭉쭉 물을 빨아들였다. 함지에 가득했던 물이 이내 사라졌다. 주둥이에선 물이 뚝뚝 떨어졌다. 말은 다시 입맛을 다시며 규준을 바라보았다. 너무나 애처로운 눈빛이었다.

규준이 송고를 바라보았다.

"어떤가? 자네가 잘 아는 명월암 스님께 이 말들을 부탁해 보세."

송고도 그러자며 고개를 끄덕이고는 먼저 마구간 문을 열고 고삐를 풀었다. 규준도 다른 말을 마구간에서 데리고 나왔다. 천천히 뒷산으로 올라갔다. 말은 풀이 눈에 띄면 어김없이 입을 가져다 대고는 허겁지겁 뜯었다. 규준은 서두르지 않고 말에게 걸음을 맞추었다. 서두를 일도 없었지만 말 못 하는 생명에게 고픈 배를 채워주는 것만큼 급한 게 없다고 생각했다. 말 걸음을 따라 명월암까지 올라갔다. 스님이 말고삐를 받아 걸며 혀를 찼다.

"얼마나 배가 고팠을까. 못난 사람들 같으니라고."

그 말에 규준의 가슴이 아릿하게 아파져 왔다. 멀쩡한 생명을 이렇게 팽개치고 사라진 감목관과 관아를 지키던 관리들이 원망스러웠다.

"세상이 어수선해지니까 자기들만 살겠다고 서울로 가버린 게 틀림없네."

송고가 말 등을 쓰다듬으며 화를 냈다.

규준은 산등성이를 지나가는 비구름을 올려다보았다. 세상도, 사람도, 이를 내려다보는 하늘도 우울했다. 힘들고 위급할수록 돌보던 생명들을 챙겨야 하는 게 사람의 도리였다. 어려울 때일수록 백성들을 먼저 돌보는 게 벼슬아치들의 할 일이라고 성현들은 가르쳤다. 그 가르침이 하찮게 변해버린 세상이었다. 성현의 가르침을 제 입맛에 맞게 이리저리 엮어 놓고는 서로가 옳다고 떠들어대는 선비들이 한심했다. 성현들의 가르침이 때 묻지 않은 한나라와 당나라 시대로 돌아가야 한다고 다시 다짐하였다. 생각은 그렇게 하자는데 시간을 그렇게 돌려놓을 수는 없었다. 규준은 할 수 있는 일이 아무것도 없었다. 망망한 바다 가운데 혼자 버려진 느낌이었다.

세상살이 모나지 않게,
즐겁게 살더라도 방탕하지는 않아야 한다.
느릿느릿 수십 리 길을 돌아
다시 아득한 길을 간다.
비를 피하려고 석병관에 묵었는데
가까이에 있는 명월루에는 오르지 못했다.
어지러운 마음 달래려고 일찍 잠자리에 누웠다.
누구의 권유로 성현의 가르침 따라가려던 것은 아니었지만
빗속에 벗과 함께 있어도 할 수 있는 일이 없다.
우리는
물새와 산새처럼 서로 찾는 길이 다르구나.

– 석병관에 머물다 –

하늘은 눈물 같은 비를 뿌리기 시작했다.

말을 스님에게 부탁해 놓고 다시 석병관으로 내려와서 하룻밤을 묵기로 했다.

다행히 비가 그쳤다. 명월암을 올려다보았다. 안개가 산허리에 감겨 있었다. 말을 절에 맡긴 게 참으로 다행이었다.

"목부들이 맡아 기르는 말들은 별일 없겠지?"

규준은 송고를 돌아보며 목장에 흩어져 있는 군마들을 걱정했다.

"괜찮을 걸세. 목부들은 말을 버릴 사람들이 아니야."

송고가 자신 있게 말했다. 그 말 속에는 목부들은 사람이고, 관아에서 떵떵거리던 관리들은 사람이 아니라는 뜻이 담겨 있었다. 그 말끝에 규준은 고개를 끄덕이다가 풀썩 웃고 말았다. 신분으로 사람을 나누는 게 아니라 사람다운 사람과 그렇지 않은 사람으로 나누는 게 옳다는 생각이 들었다.

무책임한 관리들을 생각하면 당장 떠나고 싶었지만 어둠이 말렸다. 눅눅한 마음과 젖은 옷을 벗어 말리며 오지 않는 잠을 청했다.

아침 일찍 송고와 헤어져서 혼자 길을 나섰다. 장기곶으로 방향을 잡았다. 누가 기다리는 것은 아니었지만 동쪽 땅끝에 가서 답답한 마음을 훌훌 내려놓고 싶었다.

솔숲이 이어졌다. 얼마를 걸었을까. 그 솔숲 끝에 시커먼 갯바위들이 나타났다. 땅끝이었다. 고금산에서 내려온 작은 물줄기가 바다로 흘러갔다. 대천이었다. 규준은 대천 맑은 물에 손을 담갔다. 그렇게 차갑지는 않았다. 두 손으로 물을 떠올려서 얼굴을 씻었다. 두어 차례 얼굴에 물을 끼얹다가 물을 들여다보았다. 흔들리던 물이 잠잠해지면서 얼굴이 물 위에 나타났다. 못난 얼굴이었다.

'너는 성현의 가르침을 따라 백성들과 함께하는 삶을 살았는가?'

스스로 물어보았다. 아직도 그 길은 멀기만 하였다.

고금산 자락에 걸쳐져 있는 송단에 올랐다. 시원한 바람이 언덕을 타고 불어왔다. 숨을 크게 들이쉬면서 눈앞에 펼쳐진 넓고 푸른 바다를 바라보았다. 하늘과 맞닿은 바다, 높낮이가 없는 바다가 부러웠다. 뭇 생명을 차별 없이 넓은 가슴에 품고 다독이는 바다가 좋았다.

바다 위 구름 걷히고 내 마음은 느긋한데
동쪽을 바라보니 아득하여 끝이 보이지 않네.
불타는 여름, 나무에 열매 맺히고
해 뜨고 달 지는 것 여전하지만
맑은 하늘, 난데없는 천둥 치듯

세상은 상전벽해 같아
꿈마저 어지럽다.
뜬구름 같은 헛된 인생 모든 걸 버리자고
온종일 소나무 단 아래에서 붓을 멈추고 있다.

- 대천 송단에서 쉬다 -

땅이 끝나고 바다가 시작되는 송단에 앉았다. 돌부처처럼 꼼짝하지 않고 있었지만 머리에는 복잡한 생각들이 어지럽게 이어졌다. 그 생각들 끝에 그대로 머물러 바다가 되고 싶었다. 끝이 없고 막힘이 없는 그야말로 거침없는 바다가 되고 싶었다.

그러나 규준은 고개를 가로저을 수밖에 없었다. 동쪽 땅끝에 머문 황량한 바다, 우리 배는 한 척도 다니지 않는 빈 바다였다.

해가 지고 바다가 어둠에 묻힌 뒤에야 자리를 털고 일어났다. 송단에서 내려와 어두워진 바닷길을 천천히 걸었다. 거친 바람이 어린 소나무들을 비스듬히 눕혀놓고 있었다. 가까이 다가가서 한 그루를 일으켜 보았다. '바스락' 소리를 내며 으스러질 것만 같았다. 성한 게 하나도 없었다. 뿌리를 제대로 내리지 못한 것들은 발갛게 타고 있었으며 그나마 살아있다고 해도 바다 쪽 가지는 이미 푸른빛을 잃고 있었다. 가슴이 아릿했다. 버려진 말을 볼 때와 같았다. 힘없는 나라 백성의 모습 그대로였다. 나라가 나라 구실을 못 하는 사이에 그 땅에 사는 뭇 생명은 푸른빛을 잃어가고 있었다.

"백성들이 이렇게 병들어 가는데 벼슬아치들은 서로 내 편 네 편으로 나눠 제 몫이나 챙기고 있으니……, 백성들의 마음이 곧 하늘의 뜻이라는 것을 다들 왜 모를까. 아, 안타까운 일이야!"

어둠 속을 마냥 걷고 또 걸었다. 파도가 발뒤꿈치를 붙잡으려고 자꾸만 따라붙었다. 솔숲을 지나온 바람에는 귀신의 울음소리가 얹혀 있었다. 고기잡이 나갔다가 파도에 휩쓸려 죽는 사람들은 셀 수 없이 많았다. 그들은 바다에 떠다니다가 파도에 밀려 낯선 바닷가로 떠밀려오곤 했다. 바닷가 백성들은 억울한 죽음을 건져 올려서 자기네 가족처럼 장사를 치러 주었다. 그래서 바닷가 바위틈이나 솔숲에는 이름 없는 무덤들이 즐비했다. 나라를 원망하는 원귀들이 바람에 기대어 흐느끼고 있었다. 규준은 그 소리를 들으며 걸었다. 백성의 목숨을 지켜주지 못하는 나라가 부끄러웠다. 성현들은 말하였다. 글을 읽고 먼저 깨친 사람이 나서서 백성들을 돌보아야 한다고 했다. 그런데 언제부터인가 선비들의 눈에는 백성이 보이지 않게 되었다. 규준은 제대로 된 관리가 되고 싶었다. 그러나 그 길은 사라지고 말았다. 세상이 기회를 빼앗아가 버렸다.

"이제는 무엇을 할 것인가?"

고개를 들어보니 항아리 같은 포구가 앞에 있었다. 바다 위로

반이나 기운 달이 뜨고 있었다. 다무개 포구였다. 문득 절에 맡겨둔 말이 생각났다.

"이 녀석들이 기운을 차렸을까?"

힘없는 발길은 명월산으로 향했다. 느린 걸음 탓일까 곧고 반듯한 산길은 규준보다 앞서가고 있었다.

절문 앞에서 잠시 머뭇거리며 뒤늦게 나온 달을 보았다. 부질없이 길을 나선 나그네 같다는 생각이 들었다.

> 바닷가 봉우리 위에는 나무보다
> 봉래도 밝은 달이 자란다.
> 좋은 경치나 찾는 부질없는 나그네
> 오늘은 보경대에 이르렀구나.
> 두견이 울음이 슬픈 고목들
> 학 자취는 푸른 이끼에 덮이고
> 골짜기에는 이내만 자욱하다.
> 좋은 소식은 더디기만 한데
> 어린 새는 자꾸만 밤을 재촉한다.

- 명월암에서 묵다 -

너무 늦은 시간이었다. 잠자리에 든 스님에게 폐가 되지나 않을지 걱정이 되었다. 말이나 보고 돌아 나올 생각으로 조심스럽게 문을 밀었다. 오래된 나무문은 규준을 도와주지 않았다. 거칠게 삐걱거리며 소리를 질렀다. 규준은 흠칫 한 걸음 물러났다가 조심스럽게 안으로 들어갔다.

"뭘 그리 어려워하십니까. 어서 들어오세요."

"아니, 스님!"

스님이 금당 앞에서 규준을 맞았다. 마치 기다리고 있었다는 듯 달빛을 안고는 달처럼 환하게 웃었다. 금당에는 불이 켜져 있었고, 언뜻 사람의 그림자도 비쳤다.

"오늘 오실 것 같아서 기다렸답니다."

규준은 의아한 낯으로 다가가며 물었다.

"제가 올 것 같아서 기다렸다고요?"

"예, 말을 맡겨두고 그냥 가실 분은 아니잖아요. 자, 이리 드시지요."

규준은 스님이 안내하는 요사채로 들어갔다. 방 안에는 작은 불빛 하나가 간당거리고 있었다. 자리에 앉자 바로 저녁 밥상이 들어왔다.

"저를 기다렸다면 무슨?"

규준은 숟가락을 들기 전에 마주 앉은 스님 얼굴을 살폈다. 무슨 일이 있는 것만 같았다.

"먼저 저녁부터 드시지요."

규준은 숟가락을 들며 가만히 생각했다. 아침부터 굶은 것을 그제야 알았다. 그러나 배가 고프지 않았다. 종일 너무나 많은 생각을 따라다니느라 배고픔도 잊고 있었다.

늦은 저녁을 마치자 동자승이 들어와서 상을 내갔다. 스님이 차를 준비하였다. 차향이 방을 가득 채웠다.

그때 밖에서 인기척이 났다.

"누가 저를 기다리고 있었습니까?"

규준이 찻잔을 들다 말고 문 쪽을 바라보았다.

"박 서방! 들어오시게."

스님의 말이 떨어지자 문을 열고 사람이 들어왔다. 규준은 찻잔을 내려놓고는 그 사람을 살폈다. 불빛이 낮아서 얼굴을 자세히 볼 수가 없었다.

"장곡 말치깁니다."

그는 규준 앞에 넙죽이 엎드리며 절을 하였다.

"아니, 장곡 마을 목부가 아니신가?"

"그렇습니다. 의원님 덕분에 뼈도 잘 붙고 몸도 바로 추스를 수 있었네요. 뒤늦게 감사드립니다요."

퍼뜩 업병을 앓던 부인이 생각났다. 약속을 해놓고는 지키지 못한 게 떠올랐다. 부끄러운 마음에 말을 꺼내기도 민망했다. 헛기침을 두어 번 한 뒤에 말을 꺼냈다.

"몸이 빨리 나았다니 고마운 일이요만 부인은 어떻게……."

그 말에 박 서방은 고개를 푹 숙였다. 말이 없었다. 순간 규준은 등이 서늘해졌다. 스님이 몇 번 망설이다가 대답을 대신했다.

"예, 돌아가셨답니다. 모진 병에 시달리다가 음식을 거부한 뒤에 그만……. 장사를 치르고 혼백을 오늘 절에 모셨답니다."

누군가가 머리를 세게 내리치는 느낌이었다. 눈앞이 캄캄해지고 아뜩해져서 아무것도 생각나지 않았다. 박 서방을 향해 머리를 깊이 숙였다.

"내가 큰 잘못을 저질렀소."

규준은 가슴이 찢어지는 것처럼 아팠다. '왜, 가보지 않았는가. 그 신음이 들리지 않았단 말인가.' 자신을 원망하는 소리가 가슴을 퉁퉁 때렸다. 다른 일에 정신이 팔려서 그 약속을 까맣게 잊고 있었다는 게 도무지 믿어지지 않았다.

"아닙니다. 아닙니다요. 그 날 주신 음식을 제 집사람이 얼마나 맛나게 먹었다고요. 살아생전 음식다운 음식은 처음이었답니다. 고마웠구먼요."

흐느껴 울던 박 서방이 엉금엉금 기어 와서 규준의 손을 꼭 잡았다. 그제야 목이 열리며 가슴에 뭉쳐있던 울음이 터져 나왔다.

"용서해 주시오. 용서를 청하오."

규준은 박 서방을 부둥켜안았다. 두 사람은 서로 엉겨서 가슴 안에 켜켜이 쌓여있던 안타까운 마음들을 토해냈다.

스님은 그들을 애써 달래지 않았다. 설움이 진정되기를 기다렸다.

"박 서방 같이 힘없는 백성 하나 지켜주지 못하는 벼슬아치들도 다 과거를 보았겠지요?"

스님이 느닷없이 질문 하나를 꺼냈다. 규준은 속내를 들킨 것만 같아서 몸을 움츠렸다.

"송고 선비에게 들었습니다. 과거를 놓쳐서 안타까워하신다고요. 소승은 나라가 어떠니, 성현의 말씀이 어떠니 하는 큰 이야기에 끼어들 재주는 없답니다. 다만 과거에 백번 급제한들 불쌍한 백성 하나 눈물 닦아주지 못한다면 진정한 급제자라고 할 수 없을 겁니다. 멀쩡히 살아있는 말을 팽개치고 사라진 그들은 또 누구입니까?"

규준은 대답 대신 고개만 끄덕였다.

"공부한 사람들의 모습이 이런 세상이라면 공부도 다 소용없는 짓이지요."

스님은 규준을 꾸짖으려고 단단히 벼르던 사람 같았다.

달이 절 마당을 지나서 서쪽으로 기울고 있었다.

명이 낭자

:

    규준은 장기곶을 다녀온 뒤에 심한 몸살로 꼼짝 못 하고 누워 있었다. 매일 시간을 정하여 읽던 경서도 덮어 두었다. 스님의 말이 자꾸만 가슴을 쳤다. 경서를 만 번 읽는다 하여도, 성현의 생각과 맞닿는다 하여도 가난한 백성의 목숨 하나 구하지 못한다면 다 소용이 없다는 생각이었다. 『황제내경』이 수천 년의 세월과 수많은 사람의 손길을 거쳐 왔지만 병든 백성을 치유하지 못한다면 수백 권이 있다고 하여도 쓸모가 없다는 생각이었다.

    말치기와 한 약속을 지키지 못한 게 자꾸만 가슴을 후려쳤다. 결국은 사람이 사람을 위로하고, 사람이 사람을 치료하는 것인데 규준은 그런 사람 노릇을 제대로 못 한 꼴이 되고 말았다. 아무 일도 할 수가 없었다. 세상은 어지럽고 백성은 허기져 있는데 규준이 할 수 있는 일은 아무것도 없었다. 온종일 목부의 슬픈 얼굴이 머리에서 떠나지를 않았다. 지금까지 과거를 목표로 공부하고 수련해온 게 부끄러웠다. 몸살은 단순히 몸살로 끝나지 않았다. 규준의 침묵은 길어졌다. 약초밭에도 나가지 않았다. 말문도 닫고, 사람도 만나지 않았다.

겨울 어느 저녁이었다. 찬바람이 산을 넘어와서 석리 마을을 얼어붙게 했다. 석리 마을은 앞에 야트막한 산이 가로막고 있었기 때문에 유난히 겨울 볕이 짧았다. 특히 앞산의 그림자가 길게 드리우면 뒷산을 넘어온 바닷바람이 그림자 진 길바닥을 더욱 차갑게 만들었다. 그 꽁꽁 언 길을 걸어서 명이 낭자가 규준을 찾아왔다.

"아니, 명이 낭자 이 추운 날 어쩐 일이세요?"

명이 낭자의 손등이 발갛게 얼어있었다.

"저어, 아버지 심부름으로……."

명이 낭자가 고개를 숙인 채 조심스럽게 말을 꺼냈다.

"무슨? 의원님이 어디 편찮으시기라도?"

명이 낭자가 고개를 저었다. 그러고는 또 머뭇거리며 뜸을 들였다.

"말씀해 보시지요. 무슨 일인지 너무 답답합니다."

명이 낭자는 고개를 들어 물끄러미 규준을 바라보았다. 오랜만에 마주 보는 명이 낭자의 얼굴이었다. 따뜻한 방에서 얼었던 얼굴이 녹으면서 볼은 더욱 발그레했다. 참으로 예쁘다는 생각이 들었다. 규준은 마음을 감추려고 고개를 돌렸다.

"어떻게 말을 꺼내야 할지……, 죄송한 말씀이지만……. 아버지께서 저희 집에서 빌려간 서책을 모두 돌려달라고 하셨습니다."

규준은 깜짝 놀랐다. 김 의원이 '돌려줄 생각 말고 천천히 보라고' 했기 때문이었다. 무슨 일로 마음이 변했는지 궁금했다.

"무슨 일이라도 있었습니까?"

명이 낭자는 몹시 난처한 얼굴을 보이다가 어렵게 말을 꺼냈다.

"아버지를 한 번 만나보시지요. 제가 어떻게 말씀드릴 수가 없답니다."

명이 낭자는 일어나서 머뭇거리며 서책을 내어달라는 몸짓을 보였다.

"지금 당장 가져가시려고요?"

"예, 아버지께서 제게 들고 오라고……."

규준은 그동안 빌린 서책들을 꺼냈다. 명이 낭자가 혼자 가져갈 수 없을 만큼 많았다. 어쩔 수 없이 규준도 따라나섰다. 책 보따리를 든 양손이 떨어져 나갈 것처럼 시렸다. 명이 낭자는 아무 말 없이 보따리 하나를 든 채 뒤를 따르고 있었다. 날은 어두워져 길은 잘 보이지도 않았다. 팔이 아팠지만 쉴만한 곳도 없었다. 약방에 도착했을 때는 손을 펼 수도, 굽힐 수도 없을 만큼 얼어 있었다.

명이 낭자가 책을 마루에 얹어놓고는 방문을 열어 주었다.

"안으로 드시지요. 손발을 먼저 녹이세요. 차 들여가겠습니다."

규준은 김 의원이 병자를 맞이하던 방으로 들어갔다. 그런데 비어 있었다. 방에는 차가운 기운만 가득했다. 잠시 뒤에 명이 낭자가 차를 들고 들어왔다.

"아버지께서는?"

"편찮으셔서 따뜻한 방으로 모셨습니다."

말하는 명이 낭자의 표정이 어두웠다.

"많이 편찮으세요? 어느 방입니까?"

명이 낭자가 눈짓으로 한쪽 방을 가리켰다. 규준은 찻잔을 놓고 조용히 방문을 열었다.

"의원님! 어디가 편찮으십니까? 언제부터 이러고 계십니까?"

김 의원이 일어나려고 힘들게 몸을 움직였다. 명이 낭자가 들어와서 김 의원을 부축하였다. 상투를 풀고 수건으로 머리를 싸맨 모습이 하루 이틀 누운 게 아니었다.

"책을 멀리하고, 오는 병자들도 다 물리친다며? 책을 읽지 않는 사람에게 책을 맡겨둘 수는 없지 않은가? 그래서 가져오라고 했네."

규준은 대꾸할 말이 없었다. 김 의원은 힘없고 가늘었지만 말을 끊지 않았다. 잠깐씩 멈추어 숨을 몰아쉴 때도 중간에 끼어들 수가 없었다.

"왜, 서책을 읽었으며, 왜, 공부했는가. 과거 시험 보고 벼슬이나 하려고 했는가? 그런 학문은 백성이 보이지 않는 절름발이 학문일 뿐이야. 공자님이 어떻게 하라고 가르쳤을까?"

규준이 간신히 입을 열었다.

"나라가 이 꼴인데 공부한들 다 소용없는 일이라는 생각이 들었습니다. 또……."

"또 무슨 이유가 있느냐?"

"제가 어려운 이웃과 약속을 지키지 못하고 그를 그냥 버려두었답니다. 만약에……."

"만약에? 계속해 보아라."

"만약에 그가 높은 벼슬아치였거나 곳간이 가득 찬 부자였다면 그 약속을 잊지 않았을 겁니다. 제가 어렵고 약한 사람을 차별하였습니다. 백성을 업신여겼습니다. 제가 한 학문이 그것밖에 되지 않았습니다."

김 의원은 쓰러질 것 같은 몸을 가누며 규준을 바라보았다. 지그시 마주하는 눈빛이 규준을 꼼짝 못 하게 만들었다.

"그래서 찾아오는 백성들을 피하고 외면했느냐? 작은 약속을 못 지켰으면 큰 약속으로 갚아야지. 좁은 생각에 빠져 방구석으로 피해 있다면 탐관오리들과 다른 게 하나도 없지 않은가?"

규준은 고개를 떨어뜨렸다.

"제 생각이 짧았습니다."

김 의원과 규준은 한동안 서로 말이 없었다. 얼마나 지났을까, 김 의원이 쓰러지듯이 자리에 누웠다. 규준이 재빨리 이불을 끌어다 덮어주었다.

"아닐세. 이리 와서 내 맥 한 번 짚어보시게."

엉겁결에 규준은 김 의원의 손목을 잡았다. 그 모습에 명이 낭자가 눈물을 보였다.

"아니, 의원님!"

김 의원이 희미하게 웃었다.

"기억하시게. 죽음을 앞둔 사람의 맥이라네."

"무슨 말씀을 그렇게 하세요. 제가 처방을 해보겠습니다."

규준은 당황한 나머지 김 의원 앞에서 처방을 하겠다는 말을 해버렸다. 무슨 말을 하고 있는지도 몰랐다.

"쓸데없는 짓이네. 어떻게 하려는가? 책을 다시 가져가겠는가?"

규준은 대답하기 민망하여 그냥 말없이 고개를 끄덕였다.

"학문과 의술은 자신만을 위한 것이 아니라네. 눈을 크게 뜨시게. 자네를 기다리는 사람들이 그곳에 있을 것이야."

"명심하겠습니다. 다시는 엉뚱한 생각에 빠지지 않겠습니다."

"혼자 남게 될 명이를 부탁하네."

규준이 대답을 못 하고 우물쭈물하는 사이, 명이 낭자가 얼굴을 붉히며 방을 나갔다.

봄이 채 오기도 전에 김 의원은 세상을 떠났다. 아버지를 잃은 명이 낭자는 의연하게 장례를 치렀다. 대구에서 내려온 친척들이 명이 낭자를 돕고 있었기 때문에 규준이 크게 나서서 도울 일은 없었다.

장례가 끝나자 명이 낭자는 사람들을 시켜서 김 의원이 가지고 있던 모든 서책과 약방 도구들을 규준의 집으로 옮겼다.

봄이 지나고 여름이 막바지로 치닫던 어느 날 김 의원의 약초밭을 관리하던 천 서방이 규준을 찾아왔다.

"명이 낭자께서 이 편지를 전해라고 하셨습니다."

〈그간 고마웠습니다. 약초밭을 아버지의 유언대로 맡기고 떠납니다. 약초밭은 지금까지 해왔던 것처럼 주 서방과 천 서방이 관리해 줄 겁니다. 내내 평안하세요〉

아주 간단한 편지였다.

"낭자께선?"

"예, 어제 대구 약전 외갓집 친척이 내려와서 모시고 갔습니다."

규준이 허둥거리며 댓돌 아래로 내려섰다. 맨발로 마당을 몇 발자국 옮기자 천 서방이 말했다.

"요 며칠간 의원님이 오실까 기다리는 눈치였답니다."

"그러면 내게 귀띔이라도 해줄 것이지……."

규준은 멀거니 서쪽 하늘을 올려다보았다.

늙은 어머니와 아직 가정을 이루지 못한 형이 있었다. 가난이 한스러웠다. 입신출세할 기회조차 얻지 못한 규준으로서는 가족을 꾸린다는 생각을 할 수조차 없었다. 하물며 곱게 자란 명이 낭자를 맞이한다는 것은 언감생심이었다.

"미안합니다."

명이 낭자는 그렇게 떠나 버렸다.

잊자고 하면 할수록 마음은 더욱 명이 낭자를 향해갔다. 편지 한 장만 남기고 떠나버린 명이 낭자를 잊을 수가 없었다. 산에 오르면 슬픈 노래가 낭자 얼굴처럼 흔들리고, 약초밭에 가면 명이 낭자가 환한 얼굴로 이랑 사이를 걸어 나올 것만 같았다. 대구 약전 외가에 간다고 했으니까 그 근처에 가서 수소문하면 찾을 수 있을 것 같았다. 사는 모습을 먼발치에서라도 보고 싶었다. 그런 생각이 솟구칠 때마다 고개를 흔들었다.

'언감생심이야.'

그렇게 10여년이 흘렀다. 상처도 점차 아물고, 기억도 그만 가물가물해져 갔다.

석곡 서당

:

기계 마을에서 시를 잘하는 반가운 손님, 종흡이 찾아왔다. 뜰 앞에 자리를 펴고 상을 냈는데 마침 구름이 시원하게 해를 가려 주기까지 하였다. 그런데 종흡의 얼굴빛이 좋지 않았다.

"왜, 무슨 걱정이라도 있습니까?"

"나라가 말이 아니네요. 마음을 풀 길이 없어 찾아왔답니다."

"또 무슨 일이요? 나도 흉흉한 소문을 듣고 있긴 한데 속 시원하게 아는 대로 들려주시오."

"영천과 죽장을 중심으로 의병이 일어났답니다."

명성황후시해사건을 겪으며 일본을 물리치기 위하여 지방 곳곳에서 많은 백성이 의병으로 일어났다. 규준도 멀지 않은 곳이었기 때문에 바로 달려가 보고 싶었다. 그러나 둘째 아들이 태어난 지 며칠 지나지 않았기 때문에 그럴 수 없었다.

탐관오리들의 부정과 부패는 날로 심해져 갔다. 탐관오리들은 농민들에게 과중한 세금을 부과하는 것은 물론 백성들의 재물을 함부로 빼앗아 갔다. 이에 대항하는 백성들에게는 잔혹한 형벌을 가하였다. 견디다 못한 농민들은 삼남 지방을 중심으로 거세게 일어나 탐관오리들에게 대항하였다. 임금은 특히 고부에서 동학교도들을 중심으로 일어난 농민혁명에 두려움을 느끼고 청나라에 원군을 요청했다.

청나라 군대가 조선에 파견되자 일본도 군대를 파견하게 되어 농민군과 맞서게 되었다. 그런데 동학혁명이 진압된 뒤에도 이들은 돌아가지 않고 우리 땅에 그대로 주둔하였다. 1894년 결국 우리 땅에서 청나라 군대와 일본군 사이에 전쟁이 벌어지고 말았다.

청일전쟁에서 일본군이 승리하면서 청나라 군대는 우리 땅에서 물러나게 되었으나 승리한 일본은 군대를 그대로 주둔시켜놓고는 조선의 국정을 간섭하기 시작했다.

1895년 일본은 러시아를 이용해 일본을 견제하던 명성황후를 시해하였다. 이 소식이 알려지자 일본에 대한 백성들의 분노가 폭발하게 되었으며, 전국 각지에서 의병이 일어나면서 나라 전체가 들썩거렸다. 이때를 놓치지 않고 러시아 공사 베베르는 공사관 보호라는 핑계로 러시아 해군 백 명을 서울로 데려왔다. 이에 친러파인 이범진 등은 베베르와 공모하여 1896년 2월, 임금의 거처를 러시아 공사관으로 옮겼다. 안타깝게도 황후 시해 후 두려움을 느끼고 있던 임금이 일본군이 둘러싸고 있던 궁궐을 떠나 다른 나라 공사관으로 몸을 피한 사건이었다.

러시아는 이를 기회로 경원, 경성의 금광 채굴권과 압록강, 두만강 및 울릉도의 벌채권 등 각종 이권을 조선에 요구하였다.

"이렇게 음식이 목구멍으로 넘어간다는 게 믿어지지 않습니다."

이야기 끝에 종흡이 눈물을 글썽였다.

"황후께서 그런 일을 당할 때까지 임금은 무엇을 하였고, 조정의 벼슬아치들은 무엇을 했단 말입니까?"

규준이 바닥을 내리쳤다.

"나라 꼴이 이렇게 된 원인이 어디에 있다고 보십니까?"

규준은 선뜻 대답하지 않은 채 몸을 부들부들 떨었다. 더구나 임금이 백성을 팽개치고 남의 나라 공사관으로 몸을 피하다니 부끄럽기 짝이 없는 일이 벌어지고 있었다.

"오늘날 이렇게 된 데는 군주 된 자가 권세와 이익을 독점하고 있기 때문입니다. 종교의 종파가 저들끼리 패거리를 짓기 때문에 혼란스러운 것과 마찬가지요. 지금 시대를 보면 하늘은 그 때문에 멈추고, 땅은 그 때문에 돌며. 태양은 그 때문에 움직이지 않고, 달과 별은 그 때문에 혼란스러우며, 귀신은 그 때문에 제사를 받지 못하고, 사람은 그 때문에 질서가 무너지고, 남녀는 분별이 없게 되었으며, 제도는 그 때문에 머리칼을 자르고, 아래 위가 붙은 치마를 입게 되었으며, 기계는 그 때문에 기차, 전신, 폭탄을 만들었습니다. 이렇게 되었는데도 이것을 문명의 진보라 여깁니까? 이제 권세와 이익을 백성들에게 나누어야 합니다."

규준의 눈에서 불꽃이 일었다. 규준은 울부짖는 소리로 품고 있던 생각을 다 쏟아놓았다. 조선이 망해가는 원인이 임금에게 있다고 분명하게 말하였다. 이제는 백성들이 나서서 나라를 이 끌어야 한다는 주장도 펼쳤다.

"말씀을 조심하셔야……."

규준이 너무나 위험한 말을 하고 있었다. 종흡은 겁이 나서 대꾸도 못 하고 눈만 멀뚱거렸다.

"이처럼 분한 일을 당하지 않으려면 백성들이 먼저 글을 익히고 성현들의 가르침대로 바로 서야 합니다."

종흡은 주변을 두리번거리며 자신의 목을 슬슬 만졌다.

규준은 이튿날 날이 밝기 무섭게 마을로 나가서 목수들을 모았다. 그동안 생각으로만 머물러 있던 서당 짓는 일을 시작하였다.

"여기 서당을 열어 백성들 눈을 밝힐 것이요. 신분을 가리지 않고 공부하고 싶은 사람이면 누구나 찾아올 수 있게 할 것이요."

먼저 마을 사람들이 큰 관심을 보였다. 공부하고 싶어도 양반이 아니면 선뜻 마음을 낼 수도 없었던 게 공부였다. 그런데 규준은 누구나 와서 공부할 수 있는 서당을 짓겠다고 선언하였다. 소문이 나자 마을 사람들이 하나둘 나서서 서당 짓는 일을 거들기 시작하였다. 목재가 될 만한 나무를 구하고, 켜고 다듬어, 기둥을 세우고 서당을 완성하는 데 2년 넘게 걸렸다. 학동들이 공부할 강당을 소박하게 지었다. 학동들이 뛰놀 수 있는 마당도 단단히 다졌다. 마실 물을 위하여 우물도 팠다.

4월, 앞산 자락은 신록으로 뒤덮였다. 추위가 유난히 일찍 가신 덕분이었다. 날씨도 일하는 사람들의 일손을 돕고 싶었던 모양이었다. 집부터 먼저 준공을 하고는 학동 모집 소식을 알렸다. 서당 건축은 마쳤지만 학동 맞을 준비에 좀 더 시간이 필요했다. 책도 준비해야 했으며, 붓과 벼루, 먹도 여럿 들여왔다.

아무래도 서당을 열고 학동들을 받기 전에 근처에 사는 선비들을 불러서 먼저 알리는 게 좋을 것 같았다. 가을걷이가 끝나고 집집마다 일손에 여유가 있는 9월에 낙성식 날을 잡았다.

규준은 낙성식 하루 전날 가족들을 불러 모았다. 아내와 아들과 딸이 규준을 쳐다보았다. 막상 아이들을 보고 있으니 하고 싶었던 말들이 온데간데없이 사라져 버렸다. 제대로 챙겨주지 못한 게 마음에 걸렸다. 다른 집 아이들을 가르치는 일이 가족들에게는 짐을 지워주는 일인 만큼 미안하였다.

"너희들 잘 들어라. 서당 문을 열면 너희 또래 학동은 물론이고 나이가 든 학동들도 많이 모일 거다. 그들과도 형제처럼 우애를 나누며 지내야 한다. 약방도 문을 닫지 않는다. 아픈 사람들이 드나드는 데 불편하지 않도록 해야 하며 예의도 잘 지키도록 하여라."

아이들의 초롱초롱한 눈망울이 그나마 규준의 마음을 든든하게 잡아주었다.

"박종아! 동생들 데리고 아랫방으로 가 있어라. 너희 어머니와 따로 나눌 얘기가 있단다."

아내가 아이들을 다른 방으로 보냈다.

규준은 새삼 아내 얼굴을 물끄러미 바라보았다. 미안한 마음뿐이었다. 가족들을 위해 해놓은 게 아무것도 없었다. 미안함으로 가슴이 먹먹해졌다.

"미안하오. 학문으로 일가를 이루지도 못하고, 과거에 급제하여 집안을 일으키지도 못한 사람이 가족 챙길 생각을 하지 않고 또 서당을 열었으니……."

"그런 말씀 마세요. 당신을 기다리는 사람들을 보시고도 그런 말씀이 나오십니까? 이제 당신은 우리 가족만의 사람이 아닙니다. 어려운 이웃의 아픔을 돌보고, 가난한 아이들을 모아 글을 가르치는 게 아무나 할 수 있는 일입니까. 우리 아이들은 제가 챙길 테니 모여들 사람들만 생각하세요."

규준은 자신보다 더욱 단단해져 있는 아내를 물끄러미 바라보았다. 그러다가 아내의 두 손을 꼭 쥐었다. 방 안에 있는 아내의 손이 차가웠다. 몸과 마음이 약해져서 일을 포기하려고 할 때마다 규준을 다시 일으켜 세운 손이었다.

　"고맙소."

　그 말밖에 달리 할 말이 없었다. 고마운 마음을 전할 방법을 잘 몰라서 그저 묵묵히 바라만 보고 있는데 아내가 서둘러 일어섰다.

　"내일 낙성식에 쓰일 음식 준비하느라 바빠요. 그만 나가 볼게요."

　아침부터 손님이 모여들기 시작했다. 점심때가 다 되어갈 무렵 거만을 떨면서 한 무리가 나타났다. 구동 마을 선비들이 훈장 이화익과 함께 들어섰다. 그들의 태도를 보는 순간, 축하보다는 규준을 놀리러 온 게 틀림없다고 느꼈다. 그렇지만 찾아온 손님이었기 때문에 규준은 마당으로 나가서 정중하게 그들을 맞이하였다.

　"먼 길을 찾아주셔서 고맙습니다. 안으로 드시지요."

　이화익은 규준의 인사를 건성으로 받고는 일부러 두루마기 자락을 흔들며 모인 사람들을 휘이 둘러보았다.

　"많이들 왔구먼. 어디가 좋을까?"

그러더니 미리 와서 앉아 있는 사람들 틈을 비집고 가운데 자리로 가서 턱 하니 앉았다. 같이 온 구동 마을 선비들도 건들거리며 그 곁으로 가서 다른 손님을 밀어내고 앉았다. 그 바람에 자리에서 밀려난 손님들이 언짢은 얼굴로 일어섰다. 규준은 밀려난 손님들의 손을 잡고 다른 자리로 안내하였다. 미안하기 짝이 없었다. 서로 인사를 나누고 축하의 말을 주고받으며 웃던 자리가 구동 서당 패거리들이 들어오면서 분위기가 서먹해졌다.

이화익은 상이 들어오자 술을 한 잔 마시더니 슬금슬금 규준에게 시비를 걸었다.

"참 좋은 곳이요. 산이 병풍처럼 감싸주고, 바위와 샘물이 적당히 앉은 곳에다 서당을 지은 것은 경치나 즐기자는 것 아니요? 훈장께서는 예전에 같이 공부할 때도 책 읽는 것은 뒷전이고 먼 산 경치 살피는 데 온통 정신을 팔았지요. 허허허."

이화익이 비아냥대자 같이 온 구동 선비들이 와르르 웃었다. 놀란 사람은 규준이 아니라 다른 손님들이었다.

"무슨 말씀을 그렇게 하시오. 이 자리는 시비를 거는 자리가 아니요."

멀리 경주에서 온 선비가 점잖게 나무랐다.

그러나 규준은 잔잔하게 웃으며 대답했다.

"경치를 찾아 지은 게 아니라 짓다 보니 우연히 좋은 경치를 만났을 뿐입니다."

이화익은 또 다른 시빗거리를 찾아서 길게 말을 늘어놓았다.

"주변 산과 내를 비롯하여 자연은 좋은데 집이 너무 초라하지 않소? 달랑 초가 한 채 지어놓고 서당을 한다는 게 말이 되나. 사립문은 대나무로 엮어놓고, 계단은 석회로 칠하고, 자리는 지푸라기로 만들었네. 마루는 다리를 펼 수 없을 만큼 좁고, 뜰은 말을 돌릴 수 없을 정도로 작으니 참으로 누추하다는 생각밖에 들지 않소."

가만히 듣고 있던 규준이 이화익을 똑바로 바라보며 말을 받았다.

"누추하다고 하시면 누추하게 보일 수도 있겠습니다. 옛 성현들의 가르침을 보면, 마루를 앞쪽에 내고 방을 뒤로 두었으니 아이들이 어른을 공경하며 예의를 익힐 수 있고, 방을 동쪽에 두고 창을 서쪽으로 내었으니 손님들이 서로 인사를 나눌 수 있습니다. 아이들이 예의를 익힐 수 있으면 바로 『시경』과 『서경』을 익히는 것과 다르지 않을 것입니다. 손님들이 서로 인사를 나눌 수 있으면 『예악』을 닦을 수 있다고 봅니다. 『시경』과 『서경』을 익히고 『예악』을 닦는 것이 이 집을 지은 목적입니다. 집이 초라하다고 하셨는데 옛날부터 이름난 집안은 모두 검소한 삶으로 집안을 이루었고 사치스러운 생활을 하다가 집안을 망쳤습니다. 검소함은 복의 근원이고 사치는 재앙의 근원입니다. 치우침이 없는 중용의 도리를 지킬 수 없다면 차라리 지나치게 검소하여 인색함에 머물고, 자손에게 물려줄 덕이 없다면 차라리 누추하게 하여 근본을 튼튼히 하자는 것이 저의 생각입니다. 그렇게 따져보면 집이 이렇다는 게 흉이 될 일이 아니라 오히려 즐거움이 되지 않을까요? 자연 경치를 즐기는 문제는 그럴 능력이 있는 사람을 기다려야겠지요. 어진 이가 지나는 곳에서는 초목들이 찬란히 빛을 발하게 되고, 마땅한 사람이 없으면 이름난 명승지라도 황무지에 불과할 것입니다. 『주역』에선 사람이 올바르게 살아야 좋은 일도 따른다고 했습니다. 사람이 올바르지 않은데 어떻게 좋은 일이 생길 수가 있겠습니까?”

규준의 말이 끝나자 여기저기서 손님들이 ‘옳거니’ ‘맞는 말이야’라는 말로 받으며 무릎을 쳤다. 어떤 이는 박수를 치기도 했다.

처음부터 비아냥대며 시비를 걸던 구동 마을 훈장 이화익은 그만 할 말을 잃고 붉으락푸르락 하다가 도망치듯 나가버렸다. 그제야 손님들이 자리를 서로 양보하며 즐거워하였다. 규준도 가슴을 쓸어내리며 손님들 사이를 오고 가며 즐거운 시간을 보냈다.

이튿날부터 학동들이 몰려왔다. 신분을 따지지 않고 공부하고 싶다면 누구나 받아들였다. 먼 곳, 가까운 곳에서 배움에 목말라 있던 백성들이 자녀들의 손을 잡고 모여들었다.

"이를 어쩌지……."

먼 곳에서 찾아온 나이 어린 학동을 보는 순간 어린 시절 자신의 모습이 떠올랐다. 새벽같이 일어나 찬바람을 온통 가슴으로 맞으며 허겁지겁 희날재를 넘어가도 지각할 때가 많았다. 그러다가 몰매를 맞고 쫓겨나야 했던 기억이 가슴을 아프게 했다.

"어쩌겠어요. 집을 하나 더 지어야지요."

안채에서 규준의 걱정을 다 알고 있었다는 듯 아내가 차를 내어오며 환하게 웃었다. 서당을 열었다는 소문을 듣고 먼 데서 찾아온 학동이 그저 고맙기만 했다.

"그래야겠지요?"

"길이 멀다고 돌려보낼 수는 없지요. 우리 식구들 먹고 자는 것처럼 제가 챙겨 볼게요."

규준은 답답하던 가슴이 활짝 열리는 느낌이었다. 묵묵히 곁을 지켜주는 아내의 얼굴을 다시 한번 바라보았다.

학동들이 머물 숙소 짓는 일을 바로 시작했다. 그들을 먹이기 위하여 주변에 논과 밭도 넓혀나가야 했다. 그야말로 낮에는 농부처럼 일하고 밤에는 학동들과 어울려 책과 씨름해야 했다. 학동들이 마음껏 책을 읽고 성현들의 가르침을 익힐 수 있도록 하였다. 서책도 끊임없이 모아들였다.

서당 규칙을 만들어 질서 있는 생활을 할 수 있도록 하였다.

새벽 일찍 일어나서 전날 배운 과정을 외워 읽게 하였으며, 날이 밝기 전에 세수와 양치를 하고 스승에게 문안 인사를 드린 뒤에 아침 식사를 하였다.

낮에는 각자의 재기와 역량에 맞는 범위를 정하여 공부하게 하였다. 배운 글을 소리 높여 읽고 그 뜻을 묻고 답하는 '강'을 위주로 하였다. 강은 날마다 학동의 실력에 맞게 범위를 정하여 배우고 그 날의 학습량을 숙독하여 서산을 놓고 읽은 횟수를 세어가면서 반복하였다. 소리 높여 읽는 독서량을 100독을 넘기도록 권했다. 어느 정도 암기가 끝나면 규준 앞에서 암송하게 하였다. 그러면 규준은 학동에게 글자의 뜻과 글귀의 내용에 관하여 묻고, 학동들은 대답하였다. 경서의 가르침을 체득시키는 방법이었다.

습자는 해서를 기본으로 하여 초서까지 옮겨 적도록 일렀으며, 서찰체에 대한 연습도 게을리하지 않도록 하였다.

저녁에도 배운 범위를 외운 뒤에 불을 밝히고 다시 책 내용을 확인하게 하였다. 그러고 잠자리에 들기 전까지 서로 문답과 토론을 하며 성현들의 가르침에 담긴 깊은 뜻을 서로 나누게 하였다.

규준은 학동들이 읽어야 할 책과 익힐 과목도 일일이 적어서 잘 볼 수 있는 벽에 붙여 두고 스스로 익혀나가게 하였다.

* 읽어야 할 책

『곡례』『내칙』『제자직』『소학·계고』『효경』『논어』『대학』『중용』『예운』
『공자가어』『맹자』『서명』『극기』『심잠』『사물잠』『모시』『상서』『의례』
『예기』『주역』『춘추』『주례』『이아』

* 익혀야 할 과목

〈예절, 음악, 글씨, 수학, 의학, 법률, 병법, 지리, 천문, 고덕문〉

학동들이 우르르 몰려와서 규준이 붙여놓은 서책과 과목을
확인했다. 어떤 학동은 고개를 끄덕이기도 하고 어떤 학동은 지
레 겁을 먹고 머리를 흔들기도 했다. 규준은 학동들의 능력에
따라 익혀야 할 서책과 과목을 일일이 찾아 주었다. 특히 문장
은 진과 한나라 때의 말법을 따라 익히도록 했으며, 시는 당나
라 시를 중요하게 가르쳤다. 성현들의 가르침이 후대로 오면서
변질되고 자기들 입맛대로 편하게 고쳐 쓰는 일이 많았기 때문
이었다. 잘못된 내용은 일일이 바로잡아서 그에 따른 설명을 붙
인 뒤에 학동들에게 나누어 주었다. 특히 조선 선비들의 당파와
논쟁이 잘못된 문장과 글 읽기에서 비롯되었다는 것을 깨닫고
경서의 해석을 바르게 잡아나갔다.

"옛 성현이 보여주신 가르침의 본뜻을 찾아 익혀야 한다."

"가르침의 본뜻은 무엇입니까?"

규준은 서책을 읽고 외우고 뜻을 새기는 공부를 중요하게 여겼으며 학동들과 함께 질문과 답이 이어지는 토론도 즐겼다.

"마음을 바르게 하여 백성을 생각하는 것이다."

"그러면 백성만 생각하면 공부는 끝입니까?"

"공부에 끝이 있다고 생각하느냐? 공부는 끝이 없다. 공부는 성현의 도움을 받아 그분들이 펼치고자 했던 세상을 이루는 것이다. 그런 세상을 펼치는 일도 어렵지만 그 세상을 지키는 일은 더더욱 어려운 일이야."

"이 세상에서 성현들이 꿈꾸었던 세상이 가능할까요?"

"가만히 생각해 보아라. 주자 이후에 선비들이 어떤 공부를 하였느냐? 대부분이 자신만을 위한 공부에 빠져 있었다. 집안을 일으키는 게 공부의 목적이었다. 그래서 벼슬자리를 차지하기 위해 서로 모함하고, 다투는 당쟁이 끊이지 않았다. 이는 성현들의 말씀을 자신들의 권세를 지키는 데 이용했을 뿐이다. 그들의 학문에 과연 백성이 있었다고 보느냐? 아니다. 사서와 오경 어디를 보아도 자신의 권세를 위하여 백성을 짓밟으라는 구절은 없다. 그런데 오늘날 벼슬아치들의 모습을 보아라."

"스승님, 어디서, 무엇이 잘못되어서 이 지경이 되었습니까?"

"성현들이 남겨주신 가르침의 본뜻을 그릇 해석하는 일이 거듭되었기 때문이다. 성현들의 가르침이 일어났던 진한시대로 돌아가야 한다."

규준은 말로만 그친 게 아니라 스스로 나서서 『시경』 『서경』 『예기』 『역경』 『춘추』 5경 외에 『악경』을 추가한 6경을 중심으로 잘못되었거나 쓸데없이 반복되는 글귀들을 다듬어 나갔다. 학동들에게도 옛 성현들의 가르침 본연의 큰 뜻을 마음 깊이 새기도록 했으며, 그 실천으로 모든 벗을 서로 배려하고, 평등하게 대하도록 일렀다.

사문난적

:

서당 문을 열고 해가 거듭될수록 학동 수는 늘어났다. 그만큼 경비도 엄청나게 들어갔다. 그나마 규준의 처방이 소문나면서 다녀간 병자들이 고마움의 표시로 곡식을 가져온 덕에 학동들을 먹일 수 있었다. 학동들 가르치랴, 병자들 돌보랴, 그야말로 눈코 뜰 새가 없었다.

학동들이 다 잠자리에 들고 난 뒤에 접장이 규준을 찾았다.

"걱정거리가 하나 생겼습니다."

"걱정거리? 무엇이냐?"

규준은 책을 덮고 접장을 가까이 앉게 하였다. 이제 막 잠이 들었을 학동들이 깰까 봐 작은 소리로 이야기를 나누고 싶었다. 무릎걸음으로 다가온 접장은 걱정을 털어놓았다.

"열흘 전에 상정 마을에서 넘어온 형제와 그 사촌들이 문제입니다."

"그 아이들이 왜? 말썽을 부린단 말이냐? 그 아비는 사람이 참 착해 보였는데."

규준은 그 날을 떠올려 보았다.

허름한 차림새를 한 사람이 서당 담 밖에서 한참 동안 서성대다가 쭈뼛거리며 서당 마당으로 들어섰다. 한쪽 바지를 반쯤 걸어 올린 것으로 보아서는 일을 하다가 달려온 모양이었다.

"저어 훈장님 계십니까?"

마침 규준이 마당을 서성이면서 학동들 글 읽는 소리에 귀를 기울이고 있었다.

"뉘시오?"

"훈장님께 여쭤볼 말이 있어서요."

그는 기어들어 가는 소리로 간신히 말을 이어갔다.

"말해 보세요. 내가 훈장이요."

그는 선뜻 말을 꺼내지 못하고 망설였다.

"아니, 할 말이 있어서 오셨다면 말을 하셔야지."

몇 번 더 망설이던 그는 용기를 내어 말을 꺼냈다.

"양반이 아니라도 받아주신다는 게 참말입니까?"

그는 큰 죄를 짓기라도 한 것처럼 땀까지 흘려대며 쩔쩔맸다. 그 모습을 보며 규준은 빙그레 웃었다.

"그럼요. 공부하려는 아이는 누구나 올 수 있지요."

"상놈이라도 됩니까?"

"그렇소이다."

그는 규준의 말이 믿어지지 않는지 고개를 갸웃거리며 다시 물었다.

"훈장님! 내일 당장 아이들을 데리고 와도 됩니까?"

규준은 고개를 크게 끄덕여 주었다. 그는 너무나 기쁜 얼굴로 인사를 하는 둥 마는 둥 서둘러 서당을 빠져나갔다.

그는 이튿날 아침 일찍 아이 넷을 데리고 왔다. 규준은 약속대로 그 아이들을 받아서 먹이고 재우며 글을 가르쳤다.

"그런데 그 아이들이 무슨 문제란 말이냐?"

"어저께 소문을 들었는데 그 아이들은 구동 서당에 다녔답니다. 아이들이 서당에 다니는 대신 그 아비가 서당 허드렛일을 하고, 심부름도 맡아서 했다는군요."

"그런데? 빨리 이야기해 보아라."

가난한 농부였던 그는 자식들을 서당에 맡기는 대신 서당의 궂은일을 도맡아서 해 주었다. 그런데 마을에서 운영하는 구동 서당에서 상정 아이들은 개밥에 도토리 신세였다. 더구나 신분이 천하다며 양반집 아이들은 그 아비와 아이들을 업신여기며 못살게 굴었다. 이화익 역시 그 아이들에게 글을 제대로 가르쳐주지 않고 구박하기 일쑤였다. 그래도 그는 항의 한마디 못 하였다. 술에 취해 휘둘러대는 훈장의 매질이 무서웠기 때문이었다. 어느 날 장에 갔다가 그는 석곡 서당 소문을 듣게 되었고, 너무나 반가운 나머지 한걸음에 달려온 거였다.

그런데 구동 서당에서는 궂은일을 보던 사람이 아이들을 데리고 사라졌으니 서당이 온통 난장판이 되었다. 책이 흩어져도 정리할 사람이 없었으며, 먼지가 날려도 치울 사람이 없었다. 심부름을 시킬 일이 생겨도 다녀올 사람이 없었다. 화가 난 구동 서당 훈장 이화익이 사람을 상정 마을로 보내서 알아봤고, 석곡 서당으로 갔다는 사실을 알게 되었다. 이화익은 화가 머리끝까지 치솟았다. 그렇지 않아도 석곡 서당 낙성식 날 수모를 당한 게 분하여 앙갚음할 날을 벼르고 있었는데 마침 기회가 왔다고 생각한 모양이었다.

이야기를 다 들은 규준은 빙그레 웃었다.

"우리가 잘못한 게 없지 않은가?"

"잘못이야 없지만 구동 서당 훈장은 늘 생떼를 부리는 사람이니까 그래서 걱정이라는 것이지요."

"우리가 잘못한 게 없는데 별일이야 있겠느냐? 걱정하지 말고 그 아이들이 잘 적응하고 있는지 그것이나 살피도록 하여라."

아침 일찍 약초밭으로 갔다. 약초밭에 갈 때마다 명이 낭자가 생각났다. 대구로 떠난 뒤로는 소식이 없었다. 궁금한 마음은 떠나지 않고 늘 가슴 한쪽을 맴돌았다.

씨를 심던 천 서방과 주 서방이 규준을 보고 달려왔다.

"올해는 약초들이 어떠한가?"

"걱정하지 마십시오. 모자라지는 않을 겁니다."

"그래, 잘 부탁하네."

규준은 그들과 약초밭을 다 둘러보고는 밭둑에 앉아 쉬었다. 멍하니 서쪽 대구 하늘을 바라보고 있는데 학동 하나가 헐레벌떡 달려왔다.

"크, 큰일 났어요. 구동 서당 훈장이 패거리를 데리고 와서 행패를 부리고 있습니다."

며칠 전에 접장이 했던 말이 떠올랐다.

"오려던 손님이 왔구나."

"손님이 아니라 행패꾼이라고요."

"알았다. 이놈아."

규준은 당황하지 않았다. 어떤 일이 있어도 상정 아이들과 그 아비를 지켜야 한다는 생각뿐이었다. 마음을 평온하게 가라앉혔다.

서당 마당으로 들어서자 이화익과 함께 온 패거리가 학동들을 한쪽으로 몰아세우며 위협을 하고 있었다. 이화익은 규준의 방으로 들어가서 이것저것 책을 뒤지고 있었다.

"이게 뭐하는 짓이야!"

마당으로 들어서면서 버럭 고함을 질렀다. 그들이 멈칫거리며 규준을 돌아보았다. 규준의 고함에 용기를 얻은 접장과 학동들이 한 걸음씩 앞으로 나서며 그들을 밀어붙이기 시작했다. 서로 주먹을 움켜쥐고 노려보았다. 큰 싸움이 벌어지기 직전이었다.

"너희들도 그만둬!"

규준은 접장들을 향해 눈을 부라렸다. 그러고는 이화익을 향해 점잖게 따졌다.

"거기 주인도 없는 방에 함부로 들어간 자는 손님이요, 도둑이요?"

그러나 이화익은 규준의 말을 무시하듯 쌓인 책을 들추다가 책 한 권을 슬쩍 앞섶에다 감추었다. 그러고는 뒷짐을 지고 휘적휘적 걸어 나오며 시비 투로 말했다.

"도둑이라…, 도둑은 내 앞에 선 그대 같은 자를 두고 하는 말이지."

"도둑이라니! 남의 서당에 와서 행패를 부리는 당신네가 강도요. 당장 꺼지시오."

접장 하나가 이화익을 향해 소리를 질렀다.

"어허, 우리 서당을 찾은 이웃 서당 훈장이니 예를 다하여라."

규준이 그를 나무라고는 이화익이 버티고 선 마루로 다가섰다.

"내려와서 이야기 하시지요. 아니면 제가 들어갈 테니 조금 비켜서시든가."

이화익은 빙글거리던 얼굴색을 바꾸며 소리를 질렀다. 그 소리가 마당을 지나 앞산에 부딪혀 되돌아왔다.

"우리 서당에서 몰래 훔쳐간 아이들을 당장 데리고 와!"

규준은 목소리를 더욱 차분하게 하였다.

"아이들이 우리 서당에 온 것은 어떻게 알았지요?"

"그 애비가 다 불었어."

잡혀가서 모진 매질에 몸부림쳤을 그 아비의 고통이 섬뜩하게 느껴졌다.

"그 아비가 왜 아이들을 우리 서당으로 데리고 왔을까요? 거리도 먼 이곳까지?"

이화익은 규준이 하는 말을 들으려고 하지 않았다. 막무가내로 제 말만 질러댔다.

"다른 말 하지 말고 애들을 데리고 오렸다."

접장들이 규준의 눈치를 살폈다. 규준은 단호하게 말했다.

"어떤 일이 있어도 아이들을 내놓을 수 없소. 아이들은 내 품에 들어온 내 자식들이요. 내 서당에 있는 내 아이들이요."

"뭐라고! 뿌리도 없는 자가 글 몇 줄 읽었다고 훈장 짓을 하더니 이제 눈에 뵈는 게 없어. 이 건방진 놈!"

이화익은 마루 위에서 규준을 걷어차려고 몸을 날렸다. 규준도 보고만 있지 않았다. 옆으로 비켜서면서 아무도 알아채지 못하게 슬쩍 이화익의 두 발을 밀어 버렸다. 이화익은 균형을 잃고 휘청거리다가 마당 가운데 개구리처럼 엎어지고 말았다. 그 꼴이 우스워서 어린아이들부터 깔깔대기 시작했다. 나중에는 마당이 온통 웃음판이 되고 말았다. 가까스로 정신을 차린 구동 서당 패거리들이 이화익에게 달려갔다.

"훈장님! 훈장님!"

패거리들이 안아 일으키자 이화익은 명치가 짓눌린 듯 숨을 꺾으며 껙껙댔다. 패거리들이 숨 쉬는 것을 도우려고 앞섶을 풀었다. 그 바람에 방에서 훔쳤던 책이 툭 떨어졌다.

"아이들을 데리러 온 게 아니라 책을 훔치러 왔군. 얘들아! 저 책을 이리 가져오너라."

접장 하나가 달려가서 책을 집어 들었다. 민망하고 창피스러워 진 이화익이 패거리들에게 업혀서 서당을 빠져나갔다.

"모두 자리로 돌아가서 글을 읽도록 하여라."

규준은 책을 받아들었다. 규준이 주석을 가득 달아놓은 『대학』이었다. 규준은 고개를 끄덕였다. 이화익이 이 책을 몰래 가져가려고 했던 이유를 알 것 같았다.

한 달쯤 지났을 무렵, 향교에서 고지기가 왔다. 봄에 씨를 넣어둔 약초들이 한 뼘 넘게 자라고 있을 무렵이었다.

"향교로 오시래요."

규준은 약초밭에 있었다. 가만히 약초를 쓰다듬었다. 약초 잎들이 규준의 손바닥을 가만가만 쓸어 주었다. 말 못 하는 풀잎도 사람의 고통을 덜어주건만 사람이 사람에게 고통을 주려고 하는 그 마음을 이해할 수 없었다. 맹자님은 남을 불쌍히 여기는 마음, 자신의 옳지 못함을 부끄러워하는 마음, 겸손하여 남에게 양보하는 마음, 잘잘못을 분별하여 가리는 마음을 가지고 있어야 사람이라고 했다. 그런데 글을 읽었다는 선비들이 또 벼슬아치들이 나와 생각이 다르다고 사람을 마구 내치는 세상이 안타까울 뿐이었다.

"빨리 가셔야 합니다. 인근 선비들이 다 모여서 기다리고 있습니다."

안절부절못하는 고지기를 힘들게 할 수는 없었다. 그래서 선선히 대답해 주었다.

"알았네. 집에 가서 옷이나 챙겨 입고 갈 테니 미리 가서 그리 알려주게."

고지기는 허리를 굽실대며 고맙다는 말을 남기고는 장승배기 쪽으로 달려갔다.

마음을 단단히 먹고 집을 나서는데 황보준이 따라 나왔다.

"선생님! 가시면 안 됩니다. 그들의 생떼를 어떻게 감당하시렵니까?"

"내가 죄를 지은 것도 아닌데 뭘 그리 걱정하느냐."

황보준은 며칠 전부터 선비들이 향교에 모여 규준이 해석을 단 서책을 두고 토론이 벌어졌다는 소문을 듣고 있었다. 멀리 경주와 안동에서도 선비 여럿이 왔다고 하였다. 황보준은 그 서책들이 어떤 것이고, 규준이 어떻게 해석하고 있는지도 알고 있었다. 규준은 주자의 학설을 비판적으로 받아들이고 있었다. 서책의 글자 하나하나에 맹목적으로 매달리고, 패거리를 만들어 저희끼리 주고받는 해석이 곧 진리라고 고집하는 모습을 못마땅하게 생각했다. 조선이 다른 나라에 짓밟히고 자존심이 무너진 것도 공자와 맹자가 세웠던 학문의 본뜻을 잃어버렸기 때문이라고 판단했다. 그래서 그 원래의 뜻을 찾기 위하여 경전마다 해석을 새롭게 하고 이를 학동들에게 가르쳤다. 그런데 이런 일이 밖으로 흘러나가면서 시빗거리가 될 조짐을 보였다. 특히 이화익이 그 서책을 직접 눈으로 확인했다며 떠들어댄 것이었다.

"선생님! 멀리 나들이라도 다녀오심이 어떠신지요?"
이번만큼은 그냥 지나갈 것 같지 않았기 때문에 황보준은 규준이 몸을 피하기를 권했다. 그러나 규준은 의외로 당당하였다.
"그들을 피한다는 것은 내가 하는 공부가 잘못되었다는 것을 인정하는 것이 아니겠느냐. 자네는 우리가 지금까지 펼쳤던 학문이 잘못되었다고 보느냐?"
"아닙니다. 선생님이 하시고, 가르쳐주신 학문이 곧 공자님과 맹자님의 가르침을 바르게 보여주신 것입니다."
"그래. 그렇다면 더더욱 내가 이 길을 가야 할 것이야."

황보준은 더 말릴 수가 없었다. 당당한 규준의 모습이 한편으로 자랑스럽게 느껴졌다. 황보준은 묵묵히 규준의 뒤를 따라 걸었다.

읍성 안으로 들어서자 마을 사람들이 우르르 몰려나왔다. 규준의 초라한 차림새를 보며 그들은 고개를 갸웃거렸다. 선비들이 모여서 역적이라도 잡아 들일 것처럼 떠들어댔기 때문이었다. 그래서 읍성 사람들은 오랏줄에 꽁꽁 묶인 사람들이 줄줄이 끌려올 줄 알고 있었다. 큰 구경거리를 기대했는데 선비 둘이 성문을 들어서자 의외라는 눈빛을 보냈다.

규준은 향교 안으로 들어갔다. 강학당에는 선비라는 사람들이 가득했다. 마당에는 둥근 짚자리가 펴져 있었다. 규준은 고개를 쳐들고 강학당 댓돌 앞에 섰다. 그들이 자리를 내어주면 올라갈 생각이었다. 그러나 그들은 자리를 비켜주지 않았다.

"그 밑 짚자리에 앉으시오."

"무슨 소리요. 우리가 무슨 중죄인이요? 짚자리라니!"

황보준이 대신 소리를 질렀다.

"중죄인이지. 그대들이 저지른 잘못을 모르고 왔단 말인가?"

선비 하나가 강학당 끝으로 나와 섰다.

"무슨 죄인지 말해 보시오."

황보준도 물러서지 않았다.

"여봐라! 저자를 짚자리로 끌고 가라."

향교 추녀 밑에 서 있던 노비 몇이 규준 곁으로 다가왔다.

"네 이놈들! 우리 스승님에게 손끝 하나라도 댔다가는 가만두지 않을 것이야."

황보준이 팔을 걷어 올리며 그들을 가로막았다. 노비는 주춤거리며 강학당 쪽 눈치를 살폈다.

"그만두어라. 그들이 무슨 힘이 있겠느냐."

규준은 뒤로 물러나서 짚자리 위에 섰다. 그러고는 강학당을 올려다보았다. 작은 키를 가진 규준 눈높이보다 강학당 마루가 높았다. 그러나 규준은 흔들림이 없었다. 그들이 다른 말을 꺼내기 전에 자신을 소개하였다. 그들의 의도대로 끌려가지 않으려고 선수를 쳤다.

"영일 돌 마을 사는 이규준이라고 합니다. 학식이 높으신 여러 선비께서 저와 이야기를 나누고 싶다는 전갈을 받고 왔습니다."

규준의 당당한 모습에 오히려 그들이 당황했다. 황보준은 짚자리에 오르지 않았다. 자리 바깥에 서서 그 모습을 지켜보았다. 규준을 지켜보는 사람은 황보준만이 아니었다. 향교 담 너머에는 고을 백성들이 고개를 빼 들고 그 모습을 흥미진진하게 바라보고 있었다.

떠들어대던 선비들은 서로 눈치를 보며 섣불리 말을 꺼내지 못하였다. 그들은 규준의 깊은 학문에 대하여 이미 소문으로 들고 있었기 때문이었다.

"나는 경주에서 온 사람이오."

규준과 처음으로 마주 섰던 선비였다. 그는 헛기침을 두어 번 하고는 말을 꺼냈다. 목소리를 조금 높였다.

"경서의 글자와 글귀를 마음대로 해석한 적이 있소?"

"마음대로 해석하는 게 아니라 공자님과 맹자님의 가르침을 제대로 밝히고자 한 것뿐입니다."

그 말이 나오자 여기저기서 웅성대기 시작했다. 강학당 뒤쪽에서 누군가가 소리쳤다.

"무슨 말이야! 그대가 주자보다 낫단 말이야?"

귀에 익숙한 이화익의 목소리였다. 규준은 그의 얼굴을 찾지 않았다. 그냥 웃어넘겼다. 토론의 상대가 되지 못한다는 것을 알고 있었기 때문이었다. 경주 선비가 다시 나섰다.

"그대가 주장하는 주자의 해석이 틀렸다는 말은 또 무엇이오?"

"다시 말씀드립니다만 공자님과 맹자님의 뜻을 바르게 밝히자는 것이요."

"주자가 위대하다는 것을 그대도 잘 알 거요. 그렇다면 주자의 가르침을 따라야 하는 게 마땅한 도리라고 생각하는데 그 점은 어떻소?"

조선에서 글깨나 읽었다는 선비들의 생각이 이렇게 굳어져 있다는 게 원망스러웠다. 경전의 글자 하나에 매달려 헤어나지 못하고 있는 모습들이 한심하기도 했다. 그 선비에게서 눈을 돌려 하늘을 보았다. 마침 해가 하늘 가운데를 지나고 있었다. 크게 숨을 들이켰다. 따뜻한 태양의 기운이 가슴 가득히 들어왔다. 마음이 다시 느긋해졌다. 좁디좁은 생각에 얽매여 우주와 더 큰 세상을 바라보지 못하는 한심한 사람들까지도 다 품을 수 있을 것 같았다. 규준은 우물쭈물하지 않았다.

"공자님이 말씀하시기를 '널리 배워서 마땅히 행하여야 한다. 예에 맞으면 행함에 잘못된 것이 없다.'고 하셨지요."

"그대의 행함이 예에 맞다는 것이요? 성인의 가르침을 거스르는 게 정녕 도리에 맞다는 말이요?"

"학문을 좀 더 넓게 하시지요. 주자께서 풀이한 뜻을 바르게 새겨보려던 분들을 잘 알 것이요. 일일이 존함을 거론하고 싶지는 않소. 경주에서 오셨으니까 잘 아실 거요. 가까운 고을에서도 그런 분이 계셨지요. 그 뒤로 많은 학자가 나름의 삶에 따라 주자의 해석을 다양하게 풀어 왔소이다."

"무엇이라고!"

논리에 막힘이 없자 자존심이 상한 그의 목소리가 높아졌다. 어떤 말로도 규준의 실력을 넘어설 수 없다는 생각을 하게 된 모양이었다. 그 소리가 마치 신호인 것처럼 선비들이 마루 끝으로 나서며 삿대질을 해댔다.

규준은 꼼짝도 하지 않았다. 번쩍이는 눈빛으로 떠들어대는 선비들의 얼굴을 보았다. 논리가 아니라 목소리로 이겨보겠다는 모습들이었다.

그때 구석 자리에 앉았던 선비 하나가 벌떡 일어나더니 다른 사람들 말을 막았다.

"내 듣기로는 엉뚱한 제사 방법을 백성들에게 가르친다던데 그게 참말이오?"

규준은 그가 묻는 의도를 알고 있었다. 규준은 지나치게 형식과 절차에만 매달리는 제사를 간소화하도록 이웃에게 가르쳤다. 축문과 지방이 지나치게 어렵고, 그 절차나 제물 차리는 일을 까다롭게 만들어 백성들을 곤란에 빠뜨리고 있다고 판단했다. 규준은 제사는 먼저 후손들의 마음가짐이 중요하다고 가르쳤다. 아울러 지나친 제물보다 정성을 올리도록 했다. 그뿐만 아니었다. 제사 시간과 날짜도 후손들이 의논하여 모두가 모일 수 있는 날과 시간을 택할 수 있도록 하였다. 백성들을 허례와 허식의 굴레에서 풀어주려는 의도였다.

"제사 방법을 다르게 한 게 아니라 옛 성현들이 말씀하신 정신과 실용을 찾아간 것이오."

"제사를 시도 때도 없이 지낸다고? 절차를 무시하라는 말은 오랑캐가 되라는 말과 다를 바 없소."

"그런 게 아닙니다. 지나치게 까다로운 절차와 형식이 백성을 괴롭힌다는 생각은 해보지 않으셨소?”

모인 사람들이 다시 웅성대기 시작했다.

“당신이 하는 짓은 백성을 오랑캐가 되게 하는 것이야.”

제사 문제를 물고 늘어지겠다는 투였다. 규준은 그를 물끄러미 바라보았다. 참 한심한 얼굴이었다. 백성을 위해 글을 읽어야 할 선비가 백성을 업신여기며 힘들게 하는 일에 앞장서고 있었다.

그때 한 사람이 소리치며 댓돌 위로 내려섰다.

“자, 여러 선비님들 보셨지요. 이 자는 바로 사문난적(성리학에서 교리를 어지럽히고 그 사상에 어긋나는 말이나 행동을 하는 사람을 이르는 말. 조선 시대에는 주자의 학설에 반대되는 이론을 펴는 학자들에게 사문난적이라는 굴레를 씌워 심지어 사형을 내리기도 했다.) 이요. 주자의 가르침을 왜곡하여 많은 백성을 속여 왔습니다. 또 제사를 마음대로 뜯어고쳐서 예를 숭상해온 나라를 오랑캐 세상으로 만들었습니다. 이 자가 벌인 일들을 전국 각지 향교에 낱낱이 알리고, 성균관에도 알려서 글을 읽었다는 말을 꺼내지 못하게 해야 합니다. 그뿐만 아니라 이 자가 운영하는 석곡 서당도 없애야 하며, 고을 밖으로 내쳐야 합니다.”

규준은 그 얼굴을 똑바로 바라보았다. 옷을 번지르르하게 차려입은 이화익이었다. 참으로 가소로운 사람이었다. 떠들거나 말거나 상관 하고 싶지 않았다.

이화익의 외침이 끝나자 선비라는 사람들이 그 뒤를 이어 떠들어댔다. 무슨 말인지 알아들을 수조차 없는 공허한 소리가 향교를 가득 채웠다.

"싸우지 마세요. 어른들이 왜 싸워요."

담 너머에서 싸움을 구경하던 아이들이 소리쳤다. 아이들 보기가 부끄러웠다. 어른들은 그런 소리조차 지르지 못했다. 감히 양반들 일에 끼어들었다가는 혼만 날 게 뻔했다. 더구나 향교 안으로 들어갈 수도 없었다.

더는 보고만 있을 수 없었던 황보준이 규준을 안고 밖으로 나왔다.

"저자는 사문난적이요. 고을 밖으로 멀리 내쫓아야 합니다."

이화익이 내지르는 고함이 자꾸만 뒤를 따라왔다. 규준은 성문을 나서며 멀리 숲 끝으로 가서는 바다를 바라보았다. 그 바다 너머에 펼쳐진 넓디넓은 세상을 바라보지 못하는 옹졸한 조선 선비들이 안타깝기만 했다.

"선생님!"

황보준이 규준의 얼굴빛을 살피며 조심스럽게 불러보았다.

"나를 사문난적이라는 구나. 허허허."

황보준도 따라서 웃었다.

"어서 가세. 해 떨어지기 전에 서당까지 가려면 서둘러야 하네."

"저들이 이번 소란으로 끝낼까요?"

"나라가 기울어가는 때에 저런 쓸데없는 짓들이나 하고 있으니 쯧쯧쯧."

주자의 해석을 그대로 따르지 않는다고 사문난적이라고 몰아붙이는 세상에서 자신의 목소리를 낸다는 것은 어지간한 용기로는 할 수 없는 일이었다. 규준은 위세 높은 양반도 아니었으며, 힘 있는 스승과 동료 들이 있는 것도 아니었다. 그런데도 규준은 주자가 해석하고 정리한 경전에서 공자와 맹자의 원래 가르침과 다른 부분을 찾아서 수정하였다. 이는 바른 뜻을 제자들에게 가르쳐서 바른 세상을 만들고 싶었기 때문이었다.

"주자가 위대한 성인인 것은 맞지만 그의 말을 무조건 따라야 한다는 말은 맞지 않은 것이지요. 더구나 그렇게 하지 않는다고 사문난적이라고 하는 것은 하늘이 웃을 일이지요."

"그러게 말이다. 자신의 생각이 있다면 다른 사람의 생각도 있다는 것을 인정해야지. 자신의 생각이 옳다면 다른 사람과 생각을 나누어 볼 줄도 알아야 하는 거야. 나는 공자와 맹자의 뜻을 좇아서 내 생각을 찾고자 한 것뿐인데, 글을 읽었다는 선비들이 저렇게 생각들이 좁아서야……."

조선에서는 나라의 질서를 세운다는 이유로 주자학에 조금이라도 다른 주장을 펼치는 사람이 있으면 사문난적으로 몰아 목숨을 빼앗기도 했다. 살아남으려면 옳고 그름을 따지지 않고 무조건 따라야 했다. 이런 엄격한 조선 사회에서 경서의 해석을 달리하거나 필요하지 않다고 지워버릴 수 있었던 용감한 선비는 많지 않았다. 이 때문에 규준은 사대주의와 권위주의에 젖어있던 선비들로부터 모진 비난과 비웃음을 받아야만 했다.

서병오를 만나다

.
.
.

규준의 머리에서 '사문난적'이라는 말이 떠나지 않았다. 아무리 떨치려고 하여도 마음처럼 벗어날 수가 없었다. 커다란 형틀을 짊어진 느낌이었다.

"내가 세상을 어지럽히는 사람으로 낙인찍혔구나."

다른 선비들의 무지를 탓하거나 변명하려고 나서지 않았다. 오히려 이를 계기로 규준은 학문의 경지를 이룬 학자나 벗을 찾아 생각을 나누어 보고 싶었다.

둘러보면 세상 돌아가는 모습이 다 걱정거리였다. 어느 것 하나 성현들의 가르침에 맞게 흘러가는 구석이 없었다. 구룡포 앞바다는 일본 배들이 머물며 물고기를 쓸어갔다. 심지어 영일만 안쪽까지 일본 포경선이 들어와서 고래를 마구 잡았다. 나라에서는 무엇에 정신이 팔렸는지 이를 막으려는 관리 하나 보내지 않았다. 일본 배들은 우리 바다를 자기네들 안방처럼 휘젓고 다

147

넜다. 오히려 우리 백성들은 고기잡이 나갈 엄두조차 낼 수가 없었다. 큰 배에 부딪힐까 봐 배를 띄우는 일도 조심스러웠다. 그뿐만 아니었다. 몰래 육지에 들어온 일본인들은 토지 측량에 열을 올리고 있었다. 이를 수상하게 여긴 우리 젊은이들은 나서서 일본인들을 쫓기도 했다. 장기를 비롯하여 홍곶, 강사, 동을배 곳곳에서 쫓고 쫓기는 일이 벌어졌다. 그러나 관아에서는 아무도 이를 막지 않았다. 오히려 우리 젊은이들을 꾸짖는 일까지 생겨나고 있었다. 조정에서 벼슬아치들이 친일, 친러로 나뉘어 서로 다투는 사이에 지방 관리들은 일본에 붙거나 백성들 착취에 열을 올리고 있었다. 그야말로 백성들은 제 살길을 스스로 찾아 나서야 할 형편이었다.

"이게 무슨 나라란 말인가? '수기치인', 먼저 스스로 주어진 의무와 수양을 다 하고 이를 바탕으로 백성을 다스리는 게 대학의 근본 사상이 아니었던가? 백성을 다스린다는 건 무엇인가. 백성과 친해진다는 것이다. 친해진다는 것은 그들과 함께하는 것이다. 기쁨이든, 슬픔이든, 고통이든, 아픔이든, 모든 삶을 함께한다는 것이건만 조선에서 그런 관리는 눈을 씻고 보아도 찾을 수가 없구나."

규준은 생각이 많아졌다. 그 생각이 꼬리에 꼬리를 물고 이어졌다. 생각이 많아질수록 머리는 거울처럼 맑아졌다. 문득『대학』의 한 구절이 떠올랐다.

'군자는 자기가 갖춘 후에 다른 이에게 요구해야 한다. 자기가 갖추어지지 않으면 남에게 있는 것을 비난해서는 안 된다. 그러므로 같은 처지가 되지 않고는 다른 사람을 깨우칠 수 없다.'

마음이 갖추어지지 않은 벼슬아치들에게 백성은 함께할 대상이 아니라 착취의 대상이었다. 마음이 갖추어지지 않은 사람들이 권력을 잡는 순간 조선은 이미 나라다움을 잃어버린 셈이었다.

"군주에게 권세와 이익이 독점되었기 때문에 생겨난 문제인 것이다. 조선이 살아날 길은 백성이 곧 나라임을 깨닫는 데서 시작되어야 한다."

규준은 비로소 자신이 해야 할 일이 보였다. 먼저 자신이 닦은 학문을 확인받고 싶었다. 그런 뒤에 백성들 속으로 들어갈 결심을 하였다. 제자들과 접장들을 불러서 서당 일을 부탁했다. 학동들의 공부에 소홀함이 없도록 단단히 일러두었다.

바로 짐을 꾸렸다.

"어딜 가시려고요?"

가족들이 먼저 말리고 나섰다. 이미 마흔일곱, 젊은 나이가 아니었다.

"대구를 거쳐 충청도를 다녀오리다."

규준은 편안한 마음으로 길을 나섰다. 먼저 소문으로만 들어오던 서병오를 찾아볼 생각이었다. 서병오의 글씨와 그림을 꼭 한번 보고 싶었다. 아울러 그가 본 세상 이야기를 듣고 싶었다.

석재 서병오, 그는 시, 글씨, 그림, 거문고, 바둑, 장기, 의학, 말솜씨 등 여덟 가지 재주가 뛰어나 일찍부터 '팔능거사'로 불리었다. 17세 되던 해에 그의 뛰어난 재능을 전해 들은 대원군이 운현궁으로 그를 불러 재주를 본 뒤에 압록강 동쪽에서 처음 난 인재라며 크게 칭찬하였을 정도였다.

대구 읍성 남문을 들어서자 건물들이 길게 펼쳐져 있었다. 한쪽에는 진기한 물건을 파는 시장이 펼쳐져 있었다. 시골에서는 볼 수 없었던 처음 보는 광경이었다. 한동안 넋을 놓고 있다가 서병오의 집을 찾아 나섰다. 서병오의 집은 쉽게 찾을 수 있었다. 경상감영 곁에 커다란 기와집이 턱 하니 버티고 있었다. 대문간에는 커다란 향나무 한 그루가 문지기처럼 버티고 있었다. 규준은 헛기침을 두어 번 하고 사람을 불렀다.

"나는 영일 사는 이규준이라고 합니다. 석재 선생을 뵙고 싶어서 왔습니다. 안에 가서 일러 주시오."

문을 열고 나온 하인은 규준의 아래위를 쓰윽 훑어보았다. 초라한 옷차림과 며칠 동안 걷느라 뒤집어쓴 먼지로 거지꼴이었다.

"영일에서 왔다고요?"

"이 사람아! 뭘 그렇게 살피느냐. 동쪽 바닷가 영일 땅이라네."

"우리 주인 나리께서 몸이 편찮으셔서… 여쭤는 보겠습니다만."

하인은 곁눈으로 규준을 다시 한번 살피고는 안으로 들어갔다. 기대하지 말라는 투였다. 한참이 지나도 대문은 열리지 않았다. 해가 뉘엿뉘엿 지고 있었다. 다시 두어 차례 헛기침을 했다. 또 한참 지난 뒤에 대문이 열리더니 하인이 머리를 빼죽이 내밀었다.

"들어오시랍니다."

규준은 하인을 따라 사랑채로 갔다. 그 방에는 이미 손님 둘이 먼저 와 있었다.

"처음 만나 뵙겠습니다. 저는 영일 사는 이규준이라고 합니다."

그러자 비스듬히 벽에 기대 있던 손님들이 마지못해 일어나 앉으며 인사를 나누었다.

잠시 뒤에 저녁상이 들어왔다. 규준은 수저를 들기 전에 앞에 놓인 상을 들여다보았다. 보리밥과 반찬 세 가지, 물이 전부였다. 참으로 소박한 상이었다. 집에서도 서당 학동들과 똑같은 반찬과 밥을 먹었던 규준이었다. 어려운 살림에 많은 학동까지 먹이느라 제대로 된 반찬을 준비할 수가 없었다. 규준에게는 소박한 밥상이 오히려 익숙하였다. 시장하였던 규준은 따뜻한 밥을 맛있게 먹었다. 그러나 번지르르하게 차려입은 손님들은 반찬을 두고 구시렁대다가 몇 숟가락 뜨지도 않고 숟가락을 내려놓았다.

밥상이 나가고 또 한참 뒤에 방문 밖에서 인기척이 났다. 손님들 눈이 문으로 쏠렸다. 문이 열리더니 갓도 쓰지 않고 옷차림도 제대로 갖추지 않은 채 한 사람이 들어왔다. 손님 중 한 사람이 벌떡 일어서며 그 사람을 맞았다.

"아니, 석재, 병환이 심한가 보오?"

석재는 서병오의 호였다. 규준도 엉거주춤 일어서며 그를 맞았다. 차림새가 손님을 맞는 예가 아니었다. 그러나 서병오의 얼굴에 어리는 병색을 보고는 언짢은 마음을 내려놓았다. 서병오는 가운데 자리에 앉으며 규준을 향해 인사를 하였다. 다른 손님들은 이미 잘 알고 지내는 사이인 모양이었다.

"먼 길을 오셨는데 제가 몸을 추스를 수 없어서 예를 다하지 못합니다. 용서해 주십시오."

잠시나마 언짢은 마음을 가졌던 규준이 오히려 미안한 마음이 들었다.

"아닙니다. 편찮으신 줄도 모르고 불쑥 찾아온 제가 예에서 벗어났습니다. 그런데 어디가 편찮으신지요? 제가 큰 배움은 없습니다만 맥을 한 번 짚어 봐도 될까요?"

규준은 조심스럽게 말을 꺼냈다. 수많은 병자를 돌봐 왔지만 아직 스스로 의원이라고 하지는 않았다. 사람의 몸은 신비롭고, 우주와 맞닿아 있기 때문에 공부를 하여도 늘 부족하다는 생각이었다. 그래서 병자를 볼 때마다 조심스럽고 처방을 할 때마다 신중하게 하였으며, 약재를 고를 때는 늘 정성을 다하였다.

"뛰어난 의원이란 소문을 익히 듣고 있었습니다. 한 번 봐주십시오. 저도 의학서를 여러 권 읽고 연구하였습니다만 제 병을 제가 치료할 수 없으니 그저 답답할 뿐입니다."

"어디가 편찮으신지요?"

"제 혈압이 문제랍니다. 그래서 나름 처방을 해왔습니다만 이번 중국 여행을 하고 온 뒤로는 머리가 아파서 견딜 수가 없답니다. 오늘처럼 심하게 어지러울 때는 몸을 일으키기도 힘이 듭니다."

서병오는 팔을 규준에게 맡겨놓고 자신의 병세를 낱낱이 알려주었다.

규준은 서병오가 중국에 다녀왔다는 말에 귀가 번쩍 뜨였다. 그러나 맥을 짚느라 되묻지를 않았다.

"제가 약 처방을 해 봐도 될까요?"

규준은 가만히 팔을 내려놓은 뒤 그의 눈을 살피며 생각을 물었다. 서병오의 눈은 심하게 충혈되어 있었다. 많이 지쳐 있음을 보여 주었다.

서병오가 바로 앉으며 고개를 끄덕였다.

"그래 주시면 참으로 고맙지요."

자신이 처방도 해보고 여러 의원을 불러서 처방을 받아 약을 먹어보았지만 효과가 없었다는 말을 덧붙였다.

규준은 서병오에게 허락을 얻은 뒤에 서탁에 놓인 붓으로 처방전을 적어나갔다.

"아니, 혈압이 높은 사람에게 더운 성질을 가진 부자 처방이라니 그것도 저만큼이나 많이……."

"사람을 고치자는 게 아니라 잡자는 거 아니요?"

곁에서 처방전을 지켜보던 손님들 눈이 휘둥그레지면서 고개를 저었다. 자기들 나름으로 의서를 읽은 모양이었다. 규준은 그들의 말에 개의치 않았다. 오히려 서병오가 그들을 나무라고 나섰다.

"어허 이 사람들아! 내가 먹을 약이야. 내가 판단할 테니 참견하지 마시게."

처방전을 다 적은 규준은 먹이 마르기를 기다렸다가 서병오에게 건넸다. 서병오는 처방전을 읽어보고는 고개를 끄덕였다.

"고맙습니다. 내일 아침 일찍 약전으로 사람을 보내겠습니다."

"아니, 그 처방에 따르겠다는 말인가? 안 될 말이야."

곁에 있던 한 사람이 말리고 나섰다.

규준은 묵묵히 사람들 말을 듣고만 있었다. 처방전에 대하여 달리 설명을 달지 않았다.

"이 사람! 무슨 말을 그렇게 하시는가. 이 처방은 자네들이 아는 그런 것이 아니네. 나는 이 처방을 따를 것이야. 더는 다른 말을 하시지 말게."

서병오는 그들을 꾸짖고는 규준에게 양해를 구했다.

"더 이야기를 나누고 싶은 게 많습니다만 제가 너무 어지러워서 자리를 뜨겠습니다. 이 처방대로 약전에서 약재를 구해오면 다시 한번 확인해 주세요. 그럼 저는 이만……."

약전으로 약재를 구하러 보낸다는 그 말에 규준은 아예 따라나서고 싶었다. 의서를 읽었다는 사람들도 처방전을 두고 이런저런 타박을 하는데 약재상도 뭐라고 토를 달 것만 같았다.

"잠깐, 그 약재를 구하러 갈 때 나도 함께 가겠습니다."

방을 나서던 서병오가 방문을 잡고 돌아섰다.

"아니, 직접 가시겠다고요? 그렇게까지 하지 않으셔도 됩니다."

"꼭 그렇게 하고 싶습니다."

서병오는 머리를 짚은 채 규준을 물끄러미 바라보았다. 고마워하는 눈빛이었다.

"우리 집 정 서방이 내일 아침에 모실 것입니다."

서병오는 그 한 마디만 남기고 하인의 부축을 받으며 다른 방으로 건너갔다.

이튿날 아침, 정 서방이 규준을 데리러 왔다. 이미 규준은 옷을 챙겨 입고 마당에 나와 있었다.

"제 혼자도 약재 정도는 살 수 있는데 못 미더워서 그러십니까?"

정 서방은 좀 못마땅하다는 투로 투덜거렸다.

"내 약전을 구경하고 싶어서 그렇다네."

얼른 말을 둘러댔다.

"이른 아침이라서 아직은 구경이……."

그는 머리를 갸웃거렸다.

"대구 약전 말로만 들었던 곳이라네. 시골 사람에게는 모든 게 구경이지."

규준은 아이처럼 들떴다.

"그러면 한 바퀴 돌고 갈까요, 그냥 거래하는 약방으로 바로 갈까요?"

정 서방은 눈을 끔벅이며 걸음을 멈추었다.

"알아서 하시게."

규준은 낯선 거리 모습을 이리저리 살피며 먼저 골목 안으로 들어섰다. 길게 추녀를 맞대며 약재 가게들이 늘어 서 있었다. 아침부터 약 달이는 냄새가 코를 찔렀다.

이른 아침인데도 약재 가게 문들은 활짝 열려 있었고 사람들은 분주히 오갔다. 규준의 걸음도 덩달아 빨라졌다.

"가장 좋은 일은 이 약전에 오는 사람이 없어야 하는데."

규준은 민망한 나머지 실없는 말을 늘어놓았다. 정 서방이 허허 웃으며 말을 받았다.

"그런 일은 하늘에서나 일어나겠지요."

"하늘, 하늘 하며 올려다보기만 하는데 하늘에서 일어나는 일이 어찌 땅에서 이루어질 수 없겠는가. 다 사람하기 나름일세. 어진 정치가 펼쳐지면 반드시 어진 세상이 되기 마련이라네."

정 서방이 걸음을 멈추고는 물끄러미 규준의 뒷모습을 바라보았다. 저만큼 멀어져 가는 규준을 보며 고개를 갸웃거렸다. 행색은 초라한데 다른 손님들과는 뭔가 다르다는 느낌이 들었다.

"나리! 구경 더 하시렵니까. 거래 약재상은 여깁니다."

정 서방이 저만큼 뒤에서 손짓하고 있었다.

정 서방이 가리키는 약재 가게 앞에 섰다. 규준이 약간 멈칫거리는 사이에 정 서방이 먼저 가게 안으로 들어갔다. 안에서 사람이 나와 정 서방을 맞이하였다. 정 서방이 처방전을 그 사람에게 내밀고는 규준을 손짓으로 불렀다. 규준은 가게 안으로 들어가면서 가게를 둘러보았다. 약재들이 종류별로 가득가득 쌓여 있었다. 약을 짓는 사람 곁으로 가서 부자 양을 가늠해 보았다.

"제가 알기로는 혈압약 같은데 부자가 좀 과한 게 아닌가요?"

그는 조심스럽게 자신의 생각을 꺼냈다. 역시 부자를 문제 삼았다. 규준은 웃으며 그를 안심시켰다.

"걱정하지 말고 처방대로 하세요."

"하긴 우리 집에도 부자를 즐겨 쓰는 사람이 있답니다."

그는 약재를 저울에 얹으며 혼잣말처럼 말했다.

규준은 부자를 즐겨 쓴다는 말에 귀가 번쩍 뜨였다. 부자 처방을 그만큼 자신 있게 쓰는 사람이 흔치 않았기 때문이었다. 그 말을 그냥 지나칠 수가 없었다. 함께 이야기를 나누고 싶었다.

"부자 처방을 즐겨 쓴다? 그러면 부양론을 아는 분인데……, 그분을 만날 수 있을까요?"

그는 손을 멈추며 규준을 바라보았다.

"지금은 어렵습니다만……."

규준은 마음이 급해져서 바로 말을 이었다.

"언제면 만날 수 있습니까?"

"석재 선생 댁 손님인 것 같은데 어디 사시는지요?"

"나는 영일 사는 사람입니다. 그분을 꼭 뵙고 임상에 대한 이야기를 나누고 싶습니다."

그는 '영일'이라는 말에 눈이 휘둥그레졌다.

"그렇다면 혹시 존함이 이 규……."

"그렇소이다. 이규준이라고 합니다."

그는 약 첩을 만들다 말고 규준을 바라보았다. 그러다가 약 첩을 다른 사람에게 넘겼다.

"안으로 드시지요."

그는 조심스럽게 규준을 안으로 안내하였다. 규준은 조금 의아했지만 그를 따라 들어갔다. 이 광경을 지켜보고 있던 정 서방이 당황하여 규준을 불렀다.

"나리, 약은 어쩌시렵니까?"

규준의 귀에는 그 말이 들리지 않았다.

규준이 안내된 방은 진료실이 아니었다. 그 사람은 규준을 방으로 안내하고는 밖으로 나갔다. 규준은 앉지도 못한 채 방안을 둘러보았다. 옷가지가 단정하게 정리되어 있고, 가지런히 얹힌 장신구로 보아 여자의 방이 틀림없었다. 이미 윗목에는 방석이 깔려 있었다. 문밖에서 인기척이 나더니 문이 살며시 열렸다.

"초면에 실례를 범한 것 같습니다. 앉으시지요."

나갔던 그가 찻상을 들고 들어왔다.

"무작정 따라 들어온 제가 오히려 예가 아니었습니다."

그는 앉아서 차를 만들어 규준 앞에 놓았다. 영문도 모른 채 따라 들어온 규준은 그가 내미는 차를 마시며 그의 말을 기다렸다.

"한번 뵙고 싶었습니다."

"저를 말입니까? 어떻게 저를……."

"예, 명이, 명이라고 기억하십니까?"

가슴이 먼저 덜컥 내려앉았다. '명이', 명이 낭자를 기억하느냐고 그가 물었다. 까맣게 변했던 기억이 일순간에 되살아났다.

"알다마다요. 그럼 이 집이 명이 낭자, 아니 그분의 집입니까?"

그는 고개를 끄덕였다.

"지금은 여기에 없습니다."

"그럼, 어디에?"

"지리산에 있답니다. 그곳에 들어간 지가 오래되었지요. 산속에서 약초를 기르고, 차나무를 살피며 지내고 있습니다."

"자녀분들은?"

규준은 두 사람이 부부일 거로 생각했다. 그래서 가슴 가득히 살아나는 그리움을 지우려고 이야기를 돌렸다. 그러자 그는 규준의 마음을 알아채고 고개를 가로저었다.

"자녀라니요. 제게는 외종 누님입니다. 누님께서는 이곳으로 오신 다음 큰 병을 앓으셨습니다. 마음의 병이었지요. 그렇게 가슴앓이로 10년을 누워 있다가 지리산으로 들어간 겁니다. 요즘은 참 평안하십니다. 지리산이 얼어붙는 겨울에는 내려오셨다가 봄이 되면 다시 산으로 가시지요."

가만히 생각하니 길고도 모진 20년이라는 시간이었다.

"미안합니다."

규준은 미안하고 안타까운 마음에 울컥 설움이 북받쳤다.

"약은 정 서방에게 들려 보냈습니다."

밖에서 규준에게 들으라고 하는 소리였다.

"함께 가시지 않으셔도 될 것입니다. 그 댁에서는 우리 가게 약재를 자주 이용한답니다."

그가 규준을 붙잡았다.

"미안합니다."

다른 말은 떠오르지 않았다.

"별말씀을요. 누님께서 마음으로 따르시던 분을 직접 뵐 수 있게 되었네요. 누님이 누워계실 때는 원망도 많이 했답니다."

"미안합니다."

규준은 머릿속이 아득해지면서 눈앞이 캄캄해졌다.

'아! 이 무슨 얄궂은 운명이란 말인가.'

자신의 우유부단한 처신이 너무나 원망스러웠다.

서병오 집에 들어서자 약 달이는 냄새가 진동하였다. 바로 약 달이는 데로 갔다. 여자아이 둘이서 숯불을 보고 있었다. 규준이 들어서자 자리를 비켜주고 한쪽으로 물러섰다.

"되었다. 이제 약을 짜서 먼저 내게 가져오너라."

규준이 방으로 들어가자 어제 그 손님들이 여전히 벽에 기댄채 앉아 있었다. 밥이나 축내고 있는 사람들인 모양이었다. 글깨나 읽은 선비들이 하는 일 없이 빈둥거리는 꼴이 한심해 보였다. 나라가 다른 나라로 넘어가고 있는데도, 백성들의 울부짖는 소리가 세상을 덮고 있는데도 그들은 한가하게 반찬 타령이나 하고 있었다. 그들의 못난 얼굴이 보기 싫어서 일부러 멀찍이 떨어져 앉았다.

여자아이가 약사발을 들고 왔다.

"여기 내려 두고 나가거라."

"아니, 이 약이 그 약이요? 부자 처방을 하다니 어쩌려고……."

다른 한 선비도 거들었다.

"당신 의원 맞아요? 이건 독약이야."

규준은 말대꾸조차 하기 싫었지만 가만히 있다가는 또 무슨 말이 나올 것 같아서 한마디 했다.

"독약인지 명약인지 두고 봅시다. 이 약을 다 먹을 동안 나는 이 집을 떠나지 않을 거니까요."

"그럽시다. 만약 석재에게 탈이 나면 우리가 당신을 관가에 넘길 거요."

"마음대로 하시오."

규준은 약사발을 두 손으로 감싸고는 약이 식기를 기다렸다가 여자아이를 불러서 서병오에게 약을 보냈다.

이삼일이 지나가자 약효가 나타나기 시작했다. 머리가 무겁고 아프던 것이 사라졌다. 물론 어지럼증도 가셨다. 두통이 사라지면서 서병오는 사랑으로 나오기 시작했다. 규준과 함께 유학에 관한 토론도 하였다. 의외로 규준과 서병오는 생각에서 같은 점이 많았다. 토론은 깊이를 더해 갔으며, 곁에서 이를 듣는 사람들은 끼어들 수도 없는 높은 경지에 이르기도 했다.

서병오는 근처에 사는 서자원을 불렀다. 그는 서양 천문학에 관심이 많았다. 그래서 그에 관한 연구를 많이 하였으며 펴낸 책도 여러 권이었다. 규준은 그와 동양과 서양의 천문학을 비교해 가면서 토론을 벌여 나갔다. 서로 믿음이 쌓이자 서병오는 중국에서 구해 왔다는 여러 가지 서적과 함께 예수회 선교사들이 만든 한문 성서를 꺼내왔다.

서양문물과 함께 전래된 천주교를 유학자들은 처음에는 종교의 대상이 아니라 학문적 호기심에서 흥미를 느꼈다. 그래서 학자들은 서학이라고 부르며 성서와 천주교를 연구하였다. 그 영향을 받았던 사람으로 권철신, 권일신 형제, 정약전, 정약종, 정약용 3형제, 이벽, 이가환 등이 있었다. 천주교 사상은 양반사회의 체제와 전통적인 유교적 규범에서 벗어나기를 원하던 당시의 사회 분위기에 맞는 면도 있었다. 아울러 현실 생활이 너무나 고통스러웠던 사람들, 특히 하층계급에 속하는 사람들에게는 새로운 세상을 보는 창과도 같았다. 처음에는 권력에서 밀려나 있던 남인 학자에 의하여 전파되다가 차차 벼슬에 나아가지 못하고 있던 양반, 중인, 상인 그리고 부녀자 사이에서 놀라운 속도로 퍼져 나갔다. 그런데 천주교의 중심 교리가 조선 지배층의 절대적인 지지를 받던 유교와 부딪치는 점이 많았다. 그중 특히 제사가 문제였다. 그래서 왕실과 벼슬아치들은 천주교를 사회에 해를 끼치는 종교라고 하여 끔찍하게 탄압하였다. 천주교 관련된 서적을 갖고 있는 것도 엄격히 금지하였다. 이를 함께 보는 것도 큰 죄가 되었다. 그야말로 비밀까지 함께 할 수 있을 만큼 믿음이 쌓인 그들은 서학 서적뿐만 아니라 낯선 서양 과학 기술과 지도를 보면서 새로운 세계에 대한 경험을 서로 나누었다.

　약속한 열흘이 살같이 지나갔다. 서병오의 병이 언제 나았는지 모를 만큼 씻은 듯이 낫게 되었다. 서병오는 열흘 동안 다른 세상에 다녀온 기분이었다.

규준이 떠나려고 할 때 서병오가 옷을 단정히 차려입고 마주 앉았다.

"드릴 말씀이 있습니다. 꼭 허락해 주셔야 합니다."

"무슨 말이요?"

"제가 이 열흘 사이에 공자, 맹자와 산책을 함께한 것 같습니다. 중국의 대학자 양계초를 만났을 때보다 더 큰 배움을 얻었습니다. 앞으로 제가 스승으로 모시겠습니다. 허락해 주십시오."

규준은 처음에는 서병오의 말을 잘못 들었다고 생각했다. 그러나 서병오의 말에는 진심이 담겨 있었다. 몇 차례 사양하던 규준은 서병오의 간청을 끝내 뿌리칠 수가 없었다.

규준은 대구를 떠나 충청도로 여행길을 잡았다. 달서교를 건너서 칠곡, 인동을 지나 낙동강을 건넜다. 충청도로 들어갔다. 그곳에는 이름이 널리 알려진 학자들이 있었다. 학문을 같이 토론하면서 가르침을 얻고 싶었다. 청주를 지나 진천, 장령까지 갔지만 만나고 싶었던 사람들은 대부분 집을 비우고 없었다. 주인이 없는 집에서 마냥 기다릴 수가 없었다.

허탈한 마음에 집 밖으로 나가서 길 가는 사람을 붙잡고 물었다.

"여기서 서울까지는 길이 얼마나 됩니까?"

느닷없는 물음에 그 사람이 멀뚱멀뚱 쳐다보다가 불쑥 내뱉듯이 대답했다.

"사흘 길이요."

"무슨 일로 그렇게 화가 났소?"

"그 왜놈 천지가 된 서울에는 왜 가려고 그러슈?"

그는 그렇게 버럭거리고는 가던 길을 갔다.

'사흘 길이라······.'

규준은 왜놈의 천지가 되었다는 서울로 가는 길에 수원에서 잠시 머물렀다. 정조 임금이 능행차한 길을 따라 행궁까지 직접 걸어가 보았다. 정조 임금이 그리웠다. 백성을 귀하게 여기던 정조 임금의 재위 기간이 좀 더 길었으면 얼마나 좋았을까 하는 생각이 들었다. 그리운 것은 늘 멀리 있었다.

한강 하류인 동작진을 통하여 서울로 들어갔다. 서울 이곳저곳을 살피며 사흘을 머물렀다. 성안은 그야말로 별천지였다. 바다 건너편 세상에서 온 기묘한 기계와 괴이한 물건들이 규준의 눈을 휘둥그레지게 만들었다. 조선에서 흔하게 보아왔던 입을 것이나 먹을거리가 아니었다. 검정 기지 바지에 머리를 짧게 깎은 사람, 푸른 눈동자에 금빛 수염을 한 사람, 듣도 보도 못한 차림새의 소녀들이 뒤섞여 길을 가며 어깨를 부딪쳤다. 비린 먼지가 몸에 닿고 눈에 들어와 코와 눈을 열 수가 없었다. 허깨비 같은 모양새의 군인들과 짧은 머리에 모자를 쓰고 통치마를 입은 사람들이 끊임없이 오갔다. 문명인과 오랑캐를 구분할 수가 없었다.

"조선이 비린내가 진동하는 오랑캐 땅으로 변할 줄 누가 알았단 말인가."

먼지 바람을 맞으며 그 광경을 바라보았다. 원통함이 치밀어 마음을 가눌 수가 없었다.

"조선의 모습이 아니로구나."

그런 서울에서 사흘을 머물다가 안타까운 마음만 안고 돌아섰다.

돌아오는 길에도 이름이 알려진 학자들을 찾아서 경서를 두고 토론을 벌여 보기도 했지만 시원한 대답을 들을 수가 없었다. 규준이 원하던 학자들이 아니었다.

사문난적이라는 무거운 마음을 내려놓지도 못한 채 집으로 돌아오니 5월이었다. 그나마 서병오 집에서 젊은 학자들과 나눈 토론이 가슴 따뜻하게 남았다.

따뜻한 5월 햇살이 마당 가득히 내려앉았다.

큰 학자를 찾아내지 못한 규준의 여행은 계속되었다.

이듬해에는 금강산에 다녀왔다. 당나라 사람이 '고려에 태어나서 금강산 한 번 보기를 원한다.'라고 할 만큼 금강산은 세계 최고의 명산으로 알려져 있었다. 사촌 동생과 함께 길을 떠났다. 동해안을 따라서 북으로 올라가면서 좋은 경치와 이름난 학자들을 찾았다. 물론 율곡 선생과 서애 류성룡 선생이 살았던 흔적도 찾아보았다. 그들이 남긴 높은 학덕의 향기를 느끼기도 했다. 학봉 선생의 유택을 지나며 임진전란의 아픔을 떠올려 보기도 했다. 그 아픔을 너무나 쉽게 잊은 것을 후회했다. 청송 진보로 가서는 방산 허순가를 만났다. 사방 벽을 가득히 채운 책이 너무나 부러웠다. 그의 아버지인 근암공이 남긴 글을 읽으며 근암공의 풍부한 언어와 박학다식한 모습을 새삼스럽게 그려보기도 했다. 규준은 실례를 무릅쓰고 그 집에서 사흘 밤낮을 머물렀다.

"아, 안타까워라. 스승으로 배움을 청하고 싶은 학자들은 모두 세상을 떠나갔구나."

여름이 되었다.

후텁지근한 무더위가 온 집안을 덮고 있었다. 무더위 속에서도 규준은 여행기를 적어나갔다. 서유노정기와 서울 방문기, 금강산 여행기를 차례로 정리하였다.

캄캄한 눈길

:

　조선이라는 나라가 대한제국으로 이름이 바뀐 지도 여러 해가 지났다. 여러 가지 제도가 바뀌고, 서울엔 도로도 새로 만든다는 소식이 들려왔다. 임금도 머리를 짧게 깎고 옷차림을 바꾸었다고 했다. 그러나 시골인 영일에서는 그런 변화를 느낄 수 없었다.

　"나라 이름만 바꾸면 뭣해. 배고픈 건 마찬가진데."

　"그러게 말이야. 사또고, 원님이고, 양반 없는 세상으로 가고 싶어."

　백성들의 원망 어린 푸념이 곳곳에서 넘쳐났다. 나라 이름을 바꾸었다지만 백성들의 삶은 달라진 게 아무것도 없었다. 오히려 더욱 고달파졌다는 말이 맞았다. 지방 관리들의 착취가 더욱 심해졌기 때문이었다. 양반들의 횡포도 더욱 심해졌다. 나라가 나라다운 모습을 보이지 않은 게 그 원인이었다. 언뜻언뜻 나타나 우리 산과 강, 논밭을 기웃거리는 일본인들의 모습은 백성들을 불안의 구덩이로 몰아갔다. 일본인들이 또 다른 양반으로 행세할 것 같은 불길함이 몰려들었다. 특히 일본 군인들이 장기곶 고금산에다 망루를 설치하였다. 바로 우리 봉수대 옆이었다. 봉수대에 있던 우리 군인들은 흔적도 없이 사라졌다. 그들은 우리 땅을 지키겠다는 생각조차 버리고 말았다. 무슨 일이 일어났는지도 모르는 백성들은 캄캄한 밤길을 더듬거리고 있는 꼴이었다.

규준을 찾는 병자들 수는 점점 늘어났다. 제대로 먹지 못하여 얻은 병은 약으로 치료하기조차 어려웠다. 도구 약전에다 약초밭을 넓혔건만 약초는 늘 부족했다. 황제내경과 동의보감에도 기록되지 않은 증상들이 나타나기 시작했다. 규준은 그 증상들을 꼼꼼하게 확인하여 처방과 함께 적어나갔다.

병자들에게 파묻혀 있는 규준에게 서병오의 편지가 날아왔다. 나라가 왜놈의 손에 넘어갔다는 내용이었다. 언제는 대한제국으로 이름을 바꾸고 나라를 새롭게 한다더니 결국 일본에게 나라를 넘겨주다니 도무지 이해할 수 없는 일이 벌어졌다.

"이 무슨 해괴한 일이란 말이야! 누구 마음대로 나라를 넘겨준단 말인가!"

규준의 고함에 병자들을 돌보던 제자들이 곁으로 달려왔다.
"무슨 일입니까?"
"5천 년을 이어오넌 나라를 왜놈늘에게 넘겨주었다는구나."

그런데 제자들은 크게 놀라는 얼굴이 아니었다.

"러시아와 전쟁에서 이긴 일본이 우리를 삼킬 거라는 소문은 벌써 나돌고 있었습니다만 이렇게 맥없이 넘어갈 줄은 몰랐습니다."

그러자 옆에 있던 다른 제자가 나섰다.

"아직 다 넘어간 건 아니랍니다."

"다 넘어간 게 아니라면 무엇이란 말이냐?"

"임금은 자리에 그대로 있답니다."

"내 말은 그 말이 아니야, 임금이 있으면 무엇하느냐. 백성들이 멀쩡히 살아 있는데 누구 마음대로 나라를 넘긴단 말이냐."

제자들이 듣고 있는 소문을 규준도 어느 정도는 알고는 있었지만 5천 년을 이어온 나라가 이렇게 쉽게 사라질 거라고는 생각하지 않았다. 그것도 왜놈의 손으로 넘어간다는 게 믿어지지 않았다. 몇 년간 몰려드는 병자들에게 매달려 있느라 세상일과 벽을 쌓고 있었던 탓이었다.

"아, 내가, 내가 캄캄한 밤을 지내왔구나. 세상이 어떻게 변해가는 것도 모르고 눈과 귀를 막고 있었구나."

규준은 나라를 위해 아무런 역할도 할 수 없다는 게 너무나 안타까웠다.

"선생님! 세상 돌아가는 것도 살필 겸 대구에 한 번 다녀오시는 게 좋겠습니다. 우리도 세상 돌아가는 일이 궁금해서 영 마음을 못 잡겠답니다."

제자들이 나서서 조심스럽게 규준의 등을 떠밀었다. 규준도 오랜만에 대구 나들이를 하고 싶었다. 보고 싶은 얼굴들이 떠올랐다.

병자들을 제자들에게 맡기고 길을 나섰다.

서병오가 대문까지 달려 나와서 스승인 규준을 맞이하였다. 사랑으로 들어가려던 규준이 멈칫했다. 방이 깨끗하게 정리되어 있었다.

"발부터 씻어야겠네."

영일에서 걸어오느라 온통 먼지투성이가 되어 있었다. 버선은 아예 바닥이 너덜너덜하여 버선이라고 할 수도 없을 정도였다.

"날도 추운데 안으로 드시지요. 사람들이 물과 수건을 준비할 겁니다."

서병오가 넌지시 등을 밀었다.

"잠깐 기다리시게."

규준은 다시 마당으로 내려서서 두 손으로 옷에 묻은 먼지를 탈탈 떨어냈다. 차고 건조한 바람이 풀썩풀썩 일어나는 먼지를 안고 날아갔다. 물과 수건을 준비해 기다리고 있던 사람들이 뒤로 물러나며 얼굴을 찌푸렸다. 그러나 규준은 아랑곳하지 않았다. 그 모습을 물끄러미 바라보던 서병오가 빙그레 웃었다.

"그렇게 두들기시다가 멍이라도 들면 어쩌시려고요."

"대구에서 손꼽는 유의가 곁에 계시는데 뭘 걱정이요."

서병오가 다시 싱긋이 웃으며 한마디 했다.

"제가 아니고 약전 거리 아는 이를 생각하시는 거겠지요."

규준은 일부러 크게 웃고는 방으로 들어갔다.

뒤따라온 서병오가 가운데 있던 서탁을 한쪽으로 밀었다.

"우선 저녁 진지부터 드시지요."

서탁 위에 놓인 커다란 인쇄물이 규준의 눈길을 끌었다.

"아니, 이게 그 신문이라는 거요?"

"예. '황성신문'이랍니다. 세상 돌아가는 일을 재빨리 알려주지요."

서병오는 신문을 규준 앞에 펼쳐놓았다. '시일야방성대곡'이라는 제목의 사설이 제일 먼저 눈에 들어왔다. 을사늑약이 무효임을 주장하면서 그 분하고 원통한 마음을 적어놓은 장지연의 글이었다. 글을 읽는 동안 규준의 손이 부들부들 떨리고 있었다. 글을 다 읽을 동안 서병오는 묵묵히 지켜보기만 했다.

"너희들은 나가보게."

서병오는 물과 수건을 들고 기다리던 사람들을 내보냈다.

"치욕이야! 5천 년 지켜온 민족사를 누구 마음대로 넘긴단 말이야."

규준은 방바닥을 내리쳤다.

"기둥이 내려앉고 말았습니다."

서병오가 조심스럽게 말머리를 꺼냈다.

"백성을 외면한 벼슬아치들의 허깨비 놀음 결과가 바로 이런 게야."

규준은 혼잣소리를 중얼댔다.

"아직 패망까지 이르지는 않았답니다. 이제 어찌하면 좋을까요?"

"곧 임금이 임금 자리를 지키지 못하게 될 것이네."

서병오는 더는 묻지 않고 다음 말을 기다렸다. 한동안 둘 사이에는 말이 없었다. 규준은 조선의 앞날을 보고 있었다. 규준은 망해가는 조선의 백성이 해야 할 일을 생각했다. 공자님 말씀이 떠올랐다.

"공자께서 중궁에게 말씀하셨지. '얼룩소의 새끼라 하더라도 털이 붉고 뿔이 곧게 났으면 비록 제물로 쓰지 않으려고 하여도 신이 이를 내버려 두지 않을 것이다.' 그 말씀은 곧 비록 귀한 신분이 아니라고 하여도 나라가 위급하게 되었으면 저마다 자신의 능력을 갈고닦아서 그 능력에 맞는 일로 나라를 위해 나서는 게 하늘의 원하심이다. 그런 뜻이 아니겠소."

서병오는 대답 없이 고개만 끄덕였다.

규준은 한 날 넘게 서병오의 집에 머물렀다. 규준이 왔다는 소문을 듣고 찾아오는 사람들이 많았다. 그들도 분통을 터뜨리며 을사늑약에 대한 저항 방법을 나름대로 제시하였다. 서병오의 사랑방은 대구와 그 가까운 지역 청년 학자들의 즉석 토론장이 되곤 했다. 그뿐만 아니라 영남의 학자들이 대구에 들를 때면 으레 서병오의 사랑방에서 묵어갔다. 규준은 젊은 학자들과의 만남이 너무나 좋았다. 다른 세상을 만난 느낌이었으며 새로운 희망을 품게 되었다.

그들 중에서 마음이 통하고 학문적으로 생각이 맞은 청년 학자들이 있었다. 창녕에서 온 청년 조긍섭이었다. 11세 때 『근사록』을 10일 만에 베껴 쓸 정도로 놀라운 글재주를 보였다. 19세 때는 대구에서 있었던 향시에 참가한 적이 있었다. 그 인연으로 대구에 편하게 걸음하면서 서병오의 집에서 머물기도 했다. 규준은 청년 조긍섭과 성리학, 특히 주역 토론으로 밤을 새웠다. 조긍섭도 스승이 없었다. 그래서 그런지 자신이 알고 있는 학문만 고집하지 않고 동서양의 학문을 비교, 궁리해 나가는 열린 자세도 규준과 같았다. 1910년 조긍섭은 국권침탈 소식을 듣고는 두문불출하면서 아무도 만나지 않았다. 뒷날, 대구 정산이라는 곳에 서당을 세우고 제자들을 길러내기도 했다. 1919년 3월 일본의 침략 행위를 규탄하는 「일본총독과 동포 대중에게 보내는 글」의 초안을 잡다가 일본 경찰에게 발각되어 구속되기도 했다.

문영박과 만난 일도 규준에게 커다란 위안과 기쁨을 주었다.

대구에 살고 있던 문영박은 서병오의 사랑에 자주 들르는 편이었다. 20대 청년 학자 문영박이 내뿜는 을사늑약에 대한 부당함과 이에 저항하려는 의기는 예순을 바라보는 규준의 마음을 마구 흔들어 놓았다. 그는 1919년부터 1931년 만주사변이 일어날 때까지 전국 각지를 숨어다니면서 군자금을 모금하여, 대한민국 임시정부 활동을 크게 도왔다.

초겨울이었지만 전혀 춥다는 느낌이 들지 않았다. 젊은 학자들과 보낸 한 달의 시간은 규준의 피를 끓게 했다. 꿈만 같았다. 욕심 같아서는 그런 젊은이들을 제자로 삼고 그들과 함께 항일 운동에 뛰어들고 싶었다. 그러나 규준을 기다리는 갯가 백성들의 애처로운 눈길을 차마 외면할 수가 없었다.

석곡 서당 일도 궁금했지만 규준을 기다리고 있을 병자들 생각에 영일로 돌아갈 채비를 하였다.

"선생님! 이 나라 백성으로서 어떻게 사는 게 바른길이겠습니까?"

문영박이 대문까지 따라 나오며 꼭 묻고 싶었던 말을 꺼냈다. 규준은 물끄러미 문영박을 바라보았다. 젊은 학자에게 길을 일러주기보다 규준이 걸어가려는 길을 대신 말해 주고 싶었다.

"고민이 필요한 시대입니다. 나라를 위하여 저마다 할 수 있는 일을 찾아 나서야겠지요. 나는 오래전부터 '백성이 곧 나라다.'라는 생각을 하게 되었소. 나는 헐벗고 굶주린 백성들 속으로 들어가 그들을 지킬 생각이요."

"나라를 지키기 위하여 저마다 할 일을 찾아 나서야 한다. 백성이 곧 나라다."

문영박은 규준이 한 말을 되뇌면서 고개를 끄덕였다.

"백성이 살아있는 한 나라는 없어지지 않을 것이요."

서병오는 이미 들은 말이었다. 하늘을 쳐다보았다. 엊저녁부터 쩡쩡 얼어붙는 날씨가 영 심상치 않다는 생각을 했다.

"그만 푹 쉬다가 봄날이 되면 가시지요. 청년들이 나아갈 길을 이야기해 줄 스승을 찾기 너무나 어려운 시대입니다. 좀 더 계시면서 그들을 만나주시지요."

"그렇기는 하네만 영일에는 날 기다리는 백성이 많다네. 그 백성을 지키는 일도 중요한 일이네."

고집을 말릴 수 없다고 생각했던 서병오는 아랫사람을 하나 딸려 보내기로 했다.

약전을 지나 성문을 나서려는데 눈발이 날리기 시작했다.

"석곡 선생님 아니십니까?"

조긍섭이었다.

"아니, 남명선생 문집 만드는 일이 바빠서 합천으로 가신다더니?"

"그랬지요. 안타까운 일을 당하여서 급히 가는 길입니다."

"날도 좋지 않은데 도대체 무슨 일이기에?"

"충청도에 계시는 연재 손병선 어른이 자결하셨답니다."

"무슨 말이요? 연재 선생이 자결하다니!"

너무나 놀란 규준은 손에 들고 있던 지팡이를 떨어뜨렸다.

"국권을 강탈당한 분함 때문이지요. 황제와 국민, 유생들에게 보내는 글을 유서로 남기시고는 세 차례에 걸쳐 독약을 마시고 자결하셨답니다."

조긍섭은 '을사오적 처형, 을사늑약 파기 및 의로써 궐기하여 국권을 회복할 것을 호소하였다.'는 송병선이 유서로 남긴 말을 들려주었다.

눈발이 거세게 변하더니 이내 길을 덮었다. 규준은 하늘을 올려다보며 통곡하였다. 눈이 규준의 어깨 위에 무겁게, 무겁게 내려앉았다.

규준은 송병선을 한 차례 만난 적이 있었다. 수년 전, 거창에서 송병선 선생의 강회가 있다는 소식을 듣고 한달음에 달려갔다. 그 자리에서 송병선은 유교질서 회복과 정신무장을 통해 국권을 회복하자고 외쳤다. 그때 받았던 감동을 규준은 잊을 수가 없었다. 나라와 백성을 진정으로 아끼던 학자가 또 세상을 떠났다는 생각에 가슴이 미어지는 것만 같았다.

"다 떠나 버리면 백성은 누가 돌본단 말인가."

조긍섭은 충청도로 달려가는 길이라고 하였다. 규준은 함께 갈 수 없는 처지가 안타까울 뿐이었다.

송병선의 6대조 할아버지인 우암 송시열은 이웃 고을인 장기에서 귀양살이를 했다. 귀양 중에도 가난한 백성들에게 예법을 제대로 알리고, 글을 가르쳐 주기도 했다. 문득 송시열이 남긴 시 한 편이 떠올랐다. 세상일에 대한 답답함과 귀양지의 외로움을 달래며 지은 시였다.

바닷가에는 그늘이 많아서
낮에도 밝지 않다
깊은 숲
도깨비가 부산스럽다.
다행히 뜨락에는
천 가지 나무가 있어
그 밑에 누워 꾀꼬리 소리를 듣는다.

규준은 200여 년 전 동쪽 바닷가에서 외로움에 시달렸을 송시열을 떠올려 보았다. 대쪽처럼 곧고 의로운 선비 송병선을 그의 조상 위에 겹쳐 보았다. 이제 그가 죽음으로 호소한 일은 살아남은 사람들이 이룩해야 할 과제라는 생각을 하였다.

먼 길을 나서는 조긍섭을 더 붙잡지 않았다. 안타까운 규준의 마음까지 얹어서 먼 길을 떠나보냈다. 그 사이에 규준의 옷은 눈으로 젖어가고 있었다.

눈 덮인 길을 규준은 걸었다. 산길로 접어들자 눈은 더욱 쏟아졌다. 무릎까지 눈 속에 빠질 만큼 눈이 쌓였다. 앞길은 아예 보이지 않았다. 미끄러지면 다시 일어서서 기를 쓰며 걷고 또 걸었다. 캄캄한 밤길을 홀로 눈바람을 맞으며 나아갔다.

너무나 힘들고 외로운 길이었다.

산막을 짓다

:

  을사늑약 체결 소식이 퍼져나가자 백성들 사이에서는 반일의 열기가 높아지기 시작했다. 분한 마음을 참지 못했던 시종무관장 민영환을 비롯하여 전 의정부 대신 조병세, 전 참정 홍만식, 학부주사 이상철, 김봉학, 송병선 등은 스스로 목숨을 끊으면서 늑약의 무효를 알리려고 하였다.

  서울 시내의 모든 상가는 문을 닫으면서 늑약체결에 대한 분노를 표시했다. 학교에만 머물러 있을 수 없었던 교사와 학생들도 동맹휴학으로 늑약 반대 운동에 참여하였다. 국권 회복을 위한 항일의병항쟁도 전국적으로 들불처럼 번져 나갔다.

  일제의 강압적인 국권 침탈에도 어김없이 봄은 찾아왔다. 그러나 앞산을 물들이는 신록은 지난봄과 같은 빛깔이 아니었다. 산속 곳곳에서 의병들이 피를 흘리고 있었기 때문이었다. 일제는 순사와 헌병을 동원하여 의병들을 비적과 폭도로 몰아세우며 토벌 작전을 폈다.

앞산 기슭에 찔레꽃 향이 진동하던 날이었다. 간밤에 몰래 찾아왔던 부상자가 예사롭지 않았다. 며칠 두고 치료를 해야 하는데 한사코 돌아가겠다는 바람에 보낸 준 게 마음에 걸렸다. 그러고 보니 한 달여 사이에 일반 병자가 아니라 다쳐서 온 사람이 여럿이었다. 규준은 주로 난치병자들을 돌보고 있었기 때문에 그들은 제자들이 주로 치료를 하였다. 다시 생각해 보니 그들 모두 밤중에 찾아왔다가 날이 새기 전에 빠져나갔다.

황보준이 문을 열고 들어왔다.

"무슨 일이냐?"

"선생님! 가까운 장기 동악산에 의진이 모였답니다."

규준은 바깥부터 살폈다.

"밖에는 아무도 없습니다."

황보준이 규준 가까이 다가앉으며 목소리를 더욱 낮추었다.

"의병장이 누구라더냐?"

규준은 손을 펼쳐 입을 슬쩍 가렸다.

"장기 사람 장헌문이랍니다."

"그 사람은 지난 명성황후시해사건 직후에도 의병을 모았던 것으로 아는데 또 거사를?"

1895년 일본은 명성황후 시해와 단발령으로 우리 민족의 자존심을 무너뜨리는 사건을 벌였다. 분개한 장헌문은 장기에서 의병을 일으켜 항일투쟁을 펼친 적이 있었다.

"맞습니다. 이번에도 300여 명이 모였답니다."

"장한 일이야. 그들을 은밀히 한번 만나고 싶구나."

황보준은 잠깐 말을 끊고는 바깥을 살폈다. 꼭 집어서 말할 수는 없었지만 요즘 들어 낯선 사람들이 여러 차례 눈에 띄었다. 가까운 곳에서 의진이 꾸려지면서 규준의 움직임에도 감시의 눈들이 따라붙기 시작했다. 새 소리가 나긋나긋하게 들려왔다. 사람이 없는 게 확실했다. 황보준은 다시 규준 가까이 다가갔다.

"스승님, 다친 사람들이 생겨나고 있답니다. 그런데 이들을 치료할 곳이 마땅치 않아서 걱정이랍니다."

"그렇구나. 요 달포 사이 밤중에 그들이 오지 않았느냐?"

규준은 그들을 도와야 한다는 생각이 울컥하며 올라왔다.

"알고 계셨군요. 미리 말씀드리지 못해서 죄송합니다. 혹시 스승님께 누가 될까 봐."

"그들을 도와야 한다."

규준은 마음속으로 '도와야 한다, 도와야 한다.'를 반복했다. 조급한 마음 탓에 머리는 더욱 아득해졌다.

"말씀을 드리고 그들을 받아야 하는데 요즘 서당 주변에 낯선 얼굴들이 맴돌고 있기 때문에 그러지 못 했습니다."

"이화익의 조무래기들 아니더냐?"

"아직 알 수는 없습니다."

"이런 일은 여러 사람에게 알릴 일이 아니다. 자네와 나만 알면 되느니라."

병자들이 뜸해진 틈을 타서 산책 겸 마을 길을 나섰다. 희날재를 넘어가는 사람들이 간혹 눈에 띄었다. 따뜻해진 날씨로 걷는 사람들의 모습이 한층 느긋해 보였다. 햇살이 주는 온기가 땅을 데우고, 그 땅에 뿌리를 둔 풀과 나무들의 기운을 북돋워주고 있었다. 규준의 몸도 따뜻해지면서 머리도 점점 맑아졌다. 걸음도 크게 내딛게 되고 몸도 한 뼘은 더 커진 느낌이 들었다.

고개를 넘어가는 사람들을 따라 산길을 걸었다. 어느새 희날재 중턱까지 오르게 되었다. 규준은 걸음을 멈추고 남쪽으로 고개를 돌렸다.

"동악산이 어디쯤인가?"

뒤따르던 황보준이 손으로 검푸르게 솟은 산봉우리 하나를 가리켰다.

"저 산입니다. 그 아래가 장기 고을이지요."

규준은 가만히 고개를 끄덕였다. 그때 한 무더기 길손들이 올라왔다. 규준은 말을 멈추고 그들이 지나가기를 기다렸다. 그들은 규준을 알고 있었다. 한 번씩은 병으로 규준의 손길을 거친 사람들이었다. 창주리로 장을 보러 간다고 하였다. 한 차례 떠들썩한 인사말을 한 뒤에 희날재를 내려갔다.

"저쪽에서 이쪽으로 오갈 수 있는 은밀한 길이 있는가?"

잠시 고개를 갸웃거리던 황보준이 자신 없는 소리로 말했다.

"마을로 가서 알아보겠습니다."

"알려지지 않은 길이면 더욱 좋고."

규준은 천천히 돌아서며 말을 이었다.

"길이 없으면 길을 만들어 보자. 세상의 모든 길이 처음부터 있는 게 아니지. 사람이 다니면 길이 되는 거야."

뒤따르던 황보준이 규준의 곁으로 바짝 다가섰다.

"무슨 말씀이신지요?"

"건너편 금오산에 산막을 짓고 싶네."

황보준은 뜨악한 눈으로 규준을 쳐다보았다.

"자네가 의병을 돕고 싶다고 하지 않았는가?"

규준은 그렇게 말하고는 성큼성큼 희날재를 내려갔다.

황보준은 뒤늦게 규준의 말뜻을 알아채고는 환하게 웃었다.

황보준은 이튿날부터 금오산 기슭을 돌아다니며 동악산과 이어지는 길을 찾아보고, 사람들 눈에 쉽게띄지 않는 자리도 찾았다.

며칠 뒤에 규준은 황보준이 보아둔 자리로 가 보았다. 햇살이 가득히 앉아 있는 자리였다. 마음에 꼭 들었다. 문득 시를 지어 고생한 황보준을 칭찬하였다.

같은 마음으로 이곳에 모였네.

바닷가에 흐르는 드높은 기개.

눈 들어 해와 달을 보며

가슴에다 노나라 『춘추』를 새긴다.

산꽃이 졌다고 한스러워 마라

새들이 서로를 부르고

오랜 비에도 상한 곡식 없으니

하늘이 이 백성을 염려하기 때문이다.

- 초여름에 금오산을 찾다 -

"수고했네. 여기에는 산막 하나를 드러나게 짓고, 저쪽 바위 뒤에다 숨겨서 또 하나를 앉히게. 산막 짓는 일은 약초밭에 가서 천 서방에게 부탁하게, 입이 무거운 사람들을 모아줄 걸세. 서두르게."

"예, 분부대로 하겠습니다."

황보준은 규준의 말이 떨어지기 무섭게 약초밭으로 달려갔다. 한시가 급했다. 왜놈의 총칼에 상한 사람들이 늘어나고 있다는 소식을 듣고 있었기 때문이었다.

여름이 끝나갈 무렵, 금오산 기슭에는 아무도 모르는 사이 산막이 지어졌다. 규준은 천 서방을 시켜서 약초들을 산막으로 옮겼다.

황보준은 은밀하게 규준의 뜻을 의진에 전하였다.

며칠이 지나자 밤마다 산막으로 다친 의병들이 모여들기 시작했다.

규준은 다친 의병들을 숨겨진 산막에서 치료하게 하였다.

"선생님! 다친 의병들을 다니기 불편한 바위 뒤 산막으로 보내는 이유가 무엇입니까?"

고분고분 규준의 말을 잘 따르던 황보준이 불평을 터뜨렸다. 드나들기 좋은 산막은 버려두고 급한 비탈을 지나 바위를 타고 넘어야 하는 숨겨진 산막을 사용하도록 하는 게 영 못마땅했다. 다친 사람을 일일이 업고 옮기는 일이 힘에 부쳤기 때문이었다.

"드나들기 쉬우면 눈에도 띄기도 쉽다는 걸 모르느냐? 그곳은 깊고 낮을 뿐만 아니라 토굴을 끼고 있어서 추위와 더위를 피할 수 있는 거야. 겨울에 연기를 피워 왜놈들을 불러들일 생각이 있느냐?"

"스승님……"

숨겨진 산막은 적뿐만 아니라 추위와 더위까지 대비한 셈이었다. 규준의 의도를 알게 된 황보준은 더 이상 다른 말을 하지 않았다. 위장 산막 안쪽은 식량과 약재 창고로 사용하기도 하였다.

규준은 산막에 올 때마다 위장 산막 안에서 처방을 하고 약을 달였다. 의병들을 위한 식사도 이곳에서 준비하였다. 누가 보아도 그곳은 난치 병자를 치료하기 위한 곳처럼 보이게 하였다.

일제와 싸움이 잦아지면서 부상으로 들어오는 의병 수가 점점 늘어났다. 부상자를 돌보는 사람들도 점점 지쳐갔다. 황보준은 일손이 모자란다며 의병 중에 움직일 수 있는 사람을 뽑아서 식사 준비를 거들도록 하였다. 그러나 규준은 의병들이 아래 산막에서 빠져나오는 것을 몹시 꺼렸다.

"항상 조심, 또 조심. 경계에는 지나침이 없느니라."

어느새 가을이 깊어가더니 첫서리가 내렸다.

이른 새벽인데 서당 문 앞을 서성이는 사람이 있었다. 산막으로 옮겨갈 짐을 챙기던 황보준이 그 사람을 불러들였다. 규준을 꼭 뵙고 싶다고 하였다. 무슨 연유로 만나려고 하느냐고 물어도 꼭 만나고 싶다는 말만 되풀이하였다. 남루한 차림새로 보아서 의심이 갈만한 사람 같지는 않았다.

"선생님! 일어나셨습니까?"

황보준의 소리에 규준이 문을 열었다.

"아니, 박 서방 아니요."

규준이 그를 먼저 알아보고 그를 안으로 불러들였다. 학동이 조르르 달려가더니 이내 따뜻한 찻물을 준비해 왔다.

규준은 박 서방의 언 몸이 녹기를 기다리며 그의 얼굴을 물끄러미 바라보았다.

"밥도 못 먹은 사람 같네."

"예, 말을 다 빼앗기고, 갈 곳이……."

"왜놈들이 우리 군대를 없애려는 음모를 꾸미면서 장기목 군마부터 징발해 갔다는 소문은 들었네."

박 서방은 따뜻한 차를 거푸 마셨다. 새벽 찬 바람에 꽁꽁 얼었던 몸이 천천히 녹으면서 그나마 얼굴빛이 돌아왔다.

"막상 쫓겨나고 보니 생각나는 데가 의원님뿐이라서 염치없이 이렇게 찾아왔구먼요."

"쫓겨나다니 그건 또 무슨 말이요?"

"왜놈들이 총칼을 차고 와서는 우리더러 목장에서 떠나라고……."

"아무리 왜놈 천지가 되었다지만 사는 곳마저 빼앗다니!"

규준은 믿어지지 않았다.

박 서방도 더는 말을 잇지 못하고 고개를 아래로 떨구었다.

곁에서 두 사람 이야기를 듣고 있던 황보준이 슬며시 끼어들었다.

"저어 스승님, 마침 산막에 일손이 필요한데……."

규준은 고개를 돌려 황보준을 보았다. 민망해진 그가 뒷머리를 긁적이며 멋쩍게 웃었다.

"갈 데가 마땅치 않으면 어쩌겠어. 이곳에라도 있어야지."

그 말에 박 서방 얼굴이 이내 환해졌다.

"무슨 일이라도 좋아요. 의원님을 돕는 일이라면 무슨 일이라도 좋구먼요."

박 서방이 넙죽 엎드렸다.

"박 서방에게 나는 빚진 사람이요. 업병을 앓는 부인을 돌봐 주지 못한 게 늘 마음에 걸렸다오."

박 서방은 또 화들짝 몸을 낮추었다.

"무슨 말씀이세요. 저를 이렇게 성한 몸으로 만들어 주신 은혜도 갚을 길이 없었구먼요. 자꾸 그러시니까 제 마음이 더욱 힘들구먼요."

"알았네, 알았어. 오늘부터 박 서방과 우리는 한 식구네."

황보준이 빙그레 웃으며 헛기침을 컹컹해댔다.

"자네가 이 사람을 쓰고 싶다고 했으니 산막 일을 잘 가르쳐 보게."

규준의 말에 박 서방이 화들짝 일어나서 황보준에게 꾸벅 허리를 굽혔다.

"잘 오셨소. 많이 도와주시요."

황보준이 박 서방 손을 잡고 장난스럽게 흔들었다.

"오늘부터 이 사람을 산막에 머물게 할 건가?"

황보준이 규준의 말에 입이 함빡 벌어졌다. 그농안 서당과 약초밭, 산막을 오가며 종종걸음을 쳤는데 박 서방 덕에 일을 조금 덜 수 있었기 때문이었다.

"그럼요. 그래야지요. 지금 당장 올라가겠습니다."

황보준이 서둘렀다.

"어허, 이 사람아! 아침이라도 먹고 움직이게."

산에서 살던 박 서방에게 산막 일은 어렵지 않았다.

황보준의 설명을 들은 박 서방은 다친 의병들이 오히려 가족처럼 느껴졌다. 그렇지 않아도 돌보던 말을 다 빼앗아 간 왜놈들이 미웠는데 의병들이 대신 복수를 하다가 다친 것만 같아서 고마운 마음마저 들었다.

오후 늦게 규준은 산막에 들렀다. 사람들 눈을 피해가며 산막을 찾는 일도 쉽지 않았다. 장헌문 의진이 장기 분견대와 주재소를 습격하여 무기를 빼앗아 간 뒤로 부쩍 감시가 심해지고 있었다.

장기 의진은 흥해 의진과 연합하면서 일본 수비대와 전투에서 승리를 거듭하였다. 전투에서 승리하는 만큼 부상자들도 늘어 갔다.

"세상에 이런 별천지가 있었나 싶구먼요."

박 서방이 다친 의병들 사이를 바쁘게 오가며 시중을 들다가 규준을 보고 달려왔다. 보이는 게 모두 믿어지지 않는다는 얼굴이었다. 그런데 뭔가 할 말이 있는 듯했다.

"별천지라고? 아픈 이들이 별천지라고 느낄 수 있도록 잘 도와주시게나. 이들은 모두 나라를 되찾고, 백성을 지키려고 나선 사람들이라네. 그만큼 대접받아 마땅하다네."

규준의 말에 박 서방이 허리를 굽혔다. 그러고는 바로 병자들에게 달려가지 않고 규준 곁을 맴돌았다. 하고 싶은 말이 있는 듯했다. 규준이 느긋하게 웃으며 곁을 내주었다. 용기를 얻은 박 서방이 조심스럽게 말을 꺼냈다.

"저어, 실은 제가 혼자 온 게 아니었구먼요. 제 집사람과 같이 숨어 지내던 병자들인데, 왜놈들 때문에 갈 데도 없고, 숨을 곳도 없어지는 바람에 굶어 죽게 되었구먼요."

박 서방은 그동안 아내와 함께 있던 병자들을 돌보고 있었다. 그들을 버려두고 혼자 떠나버리면 그들은 꼼짝없이 굶어 죽을 수밖에 없었다. 그런 처지에서 떠오른 사람이 규준이었다. 마지막으로 규준에게 그들을 보이고 약을 한 번이라도 쓰게 하고 싶었다. 그래서 그들을 데리고 와서 멀찍이 숨겨놓고 있었다. 별천지 같은 이 근처에 그들을 머물게 하고 싶었다.

규준은 박 서방의 애타는 마음은 알겠지만 선뜻 그러라고 할 수가 없었다.

"몇 사람이나 되느냐?"

규준은 어렵게 말을 꺼냈다. 박 서방은 재빨리 대답했다.

"나섯입니다. 여자들만. 아이늘이 딸려 있긴 합니다만."

"아이들도 있다고?"

"예. 둘요."

어린아이가 있다는 말에 규준의 마음이 흔들렸다. 박 서방은 간절한 눈빛으로 규준을 바라보았다.

"날은 점점 추워 오는데 어쩌겠느냐. 이 근처에 머물게 해라. 따뜻한 음식이라도 먹여야지. 의병들 눈에 띄지 않게 해야 한다."

"그래야지요. 아무렴요. 다른 사람 눈에는 절대 띄지 않게 할게요."

박 서방은 규준의 말이 떨어지기 무섭게 산등성이를 바람처럼 넘어갔다.

의병 활동이 전국적으로 번져나가자 일본은 조선의 치안을 유지한다는 핑계로 일본은 헌병의 수를 세 배 이상 늘렸다. 그 수가 무려 6천6백 명이 넘었다. 그뿐만 아니라 지역마다 지리와 환경에 밝은 조선 사람들을 헌병보조원으로 뽑아서 앞잡이로 삼았다. 일본 군대도 보병 제14연대를 조선에 파병하였다. 그야말로 조선은 일본의 천지가 되어갔다.

규준에게로 감시망이 점점 좁혀져 오고 있었다.

비적 소굴

∶

　해가 바뀌었다. 눈이 내리지 않던 영일 땅에도 웬일인지 사흘이 멀다 하고 눈이 내렸다. 산막이 온통 질척거리면서 오가는 길은 더욱 힘들었다. 더구나 산막 가까이 와서 숨어 지내는 업병 병자들까지 몰래몰래 돌보아야 했기 때문에 무척 조심스러웠다. 겨울이 깊어가자 약재도 모자라고 식량도 바닥을 드러냈다. 대구에도 사람을 보내어 약재를 구해왔으며, 식량을 구하기 위해 규준은 직접 가까운 고을인 안강, 흥해로 도움을 청하러 다녔다.

　그뿐만 아니었다. 규준은 밀양에다 『황제내경소문대요』 인쇄를 위하여 목판 제작을 맡겼다. 『황제내경』은 중국에서 수천 년 전부터 전해져 오는 총 81권으로 된 의술 책이었는데 황제의 말이라고 하여 누구도 빼거나 더할 수 없는 그야말로 한의학의 경전과도 같은 취급을 받았다. 그러나 많은 시간이 흐르고, 여러 사람이 옮겨 쓰는 과정에서 덧붙여지고, 순서가 뒤바뀌고, 잘못 기록된 부분이 많았다. 학자들도 그런 부분이 있다는 것을 알고 있었으나 선뜻 나서서 고칠 엄두를 내지 못하였다. 그렇게 내려오던 것을 규준이 과감하게 수정과 재편집 작업에 나선 것이었다. 먼저 황제의 말이 아니라고 여겨지는 것과 잘못 해석된 부분을 정리하였으며, 임상을 통해 얻은 치료법을 보완하여 병자 치료에 적용할 수 있게 고쳤다. 총 25편의 내용으로 구성된『황제내경소문대요』는 그간 규준이 병자들과 시간을 쪼개가면서 만들어 낸 임상 결과물이었다. 여기에 덧붙여『소문구독해』를 만들었다. 이는『황제내경소문대요』를 읽는 방법을 알려주는 책이었다. 우리말 토를 달면서 친절하게 꾸며 놓았다. 혼자서 힘겹게 공부했던 규준은 혼자 공부하는 게 얼마나 어려운지를 잘 알고 있었다. 그래서 후세 사람들이 공부할 때 내용을 쉽게 이해하고, 그릇 해석하는 일을 막기 위한 배려로 이 책을 만들었다.

밀양으로 가는 날이 잦아지면서 집을 자주 비울 수밖에 없었다. 그럴수록 병자들은 규준의 손길을 기다렸다. 제자들이 나서서 진맥을 하고 처방을 했지만 규준만 못하다며 불평을 해댔다. 특히 부상을 입은 의병들은 더 했다. 그들은 일본 수비대가 금방 들이닥칠 것만 같은 불안한 마음을 안고 있었기 때문이었다. 그래서 규준이 잠시라도 보이지 않으면 의원을 찾아오라며 난리를 피웠다.

집으로 돌아온 지 얼마 되지 않았는데 목판 각자 작업이 완료되었다는 연락이 왔다. 밀양으로 가서 일일이 틀린 곳이 없는지 확인을 해야 했다. 다시 집을 비울 수밖에 없었다.

그러나 눈이 너무 많이 오고 있었다. 눈이 그치기를 기다렸다. 문득 업병 병자들 얼굴이 떠올랐다. 판각 작업에 몰두하느라 잊고 있었다. 웅크리고 추위에 떨고 있을 그들 생각에 마음이 시려 왔다.

급히 박 서방을 불렀다.

"산막에 양식은 넉넉한가?"

"한 달은 버틸 것입니다."

"한 달 안에는 돌아올 수가 있을 것이야."

규준은 주변을 둘러보다가 박 서방을 좀 더 가까이 불렀다. 그러고는 귓속말로 했다.

"병자들을 산막에 머물도록 해라. 이 추운 날에 한데서 견디기는 어렵겠다."

박 서방이 깜짝 놀라서 한 걸음 물러서며 고개를 저었다.

"들키면 어쩌시려고요?"

"추운 만큼 의병들도 나다니지는 않을 것이다. 위장 산막 부엌 창고에 있는 양식과 약재를 한쪽으로 정리하면 틈이 날 거야."

박 서방이 겁을 먹고는 대답조차 제대로 못 하였다. 걱정되는 것은 규준도 마찬가지였다. 황보준만 있으면 모든 일을 척척 잘

처리할 텐데. 이번 밀양 나들이에는 황보준을 데리고 가야 했다.

하늘을 쳐다보았다. 눈은 계속해서 내리고 마음은 더욱 조급해졌다.

규준이 걱정한 대로 그 비밀은 사흘을 넘기지 못하였다. 결국 눈이 일을 틀어지게 만들고 말았다. 눈 때문에 박 서방이 산막으로 가는 시간이 늦어지면서 불상사가 생겼다. 그나마 몸을 움직일 수 있는 몇몇 의병이 박 서방 혼자 하는 부엌일을 도우려고 나왔다가 그만 병자들과 마주치고 말았다. 병자들과 의병은 놀라서 서로 마주 보며 한동안 말을 하지 못했다. 뒤늦게 박 서방이 도착했지만 사고를 수습할 수가 없었다. 의병들이 들고일어난 것이었다. 규준에게 속았다며 소리, 소리를 질러댔다. 마치 염병에 전염이라도 된 것처럼 두려움에 떠는 사람도 있었다. 규준이 나타나지 않자 점점 소란은 커졌다. 무엇에 홀린 사람들처럼 서로 몸을 밀치며 날뛰다가 산막 안에 피워두었던 화로를 넘어뜨리고 말았다. 그 바람에 산막에 불이 붙었다. 다행히 사방이 눈에 덮여 있어서 큰 산불로 옮겨지지는 않았지만 그들이 머물던 산막은 한순간에 사라지고 말았다.

연기를 본 규준이 산막으로 달려왔다.

"선생님! 큰일 났습니다."

한숨 돌리기도 전에 학동 하나가 헐레벌떡 달려와서 규준의 옷자락을 잡았다.

"장기 주재소 순사들과 헌병들이……."

학동이 숨을 꺾으며 손가락으로 장승배기 쪽을 가리켰다. 엎친 데 덮친 꼴이었다.

"장기 주재소 헌병들이 온단 말이냐?"

황보준이 산골짜기를 내려다보았다.

"예, 연기를 보고, 비적 소굴을 찾았다며 소리치는 걸 들었습니다."

규준은 두어 번 숨을 크게 내쉬며 마음을 가라앉혔다. 어쩔 줄 몰라 쩔쩔매고 있는 박 서방에게 무섭게 말했다.

"소란을 피운 의병들 입을 막고 골짜기와 토굴로 흩어져서 숨으라고 해!"

"병자들은요?"

"그들은 있던 자리에 그대로 있으라고 해. 왜놈들은 그들을 잡으러 오는 게 아니다."

그때까지 병자들은 겁에 질린 채 부엌방에 엎드려 있었다. 뛰쳐나갔다가는 매 맞아 죽을 것 같았기 때문이었다. 잿더미가 된 산막에서는 그때까지도 연기가 천천히 피어오르고 있었다.

"선생님, 왜놈 헌병들이 저기……."

학동이 규준의 등 뒤로 숨으며 산비탈 아래를 가리켰다. 일본 헌병과 보조원들이 몰려오고 있었다. 그들 앞에 낯익은 사람 하나가 눈에 띄었다. 이화익이 두 팔을 휘저으며 앞장서고 있었다.

"저 사람은 구동 서당 훈장이 아닙니까? 저놈을 그냥."

황보준이 화가 나서 몽둥이를 움켜쥐었다.

"괘념치 마라. 공자님께서 군자는 덕을 생각하고 소인은 땅을 생각하며, 군자는 법을 생각하고 소인은 제게 오는 이익만 생각한다고 하였다. 저 사람은 능히 그럴 사람이다."

규준은 불타버린 산막 쪽을 돌아보았다. 의병들은 눈에 띄지 않았다. 시커멓게 그을음을 뒤집어쓴 박 서방이 허겁지겁 비탈을 기어오르고 있었다. 규준은 천천히 산막 안으로 들어갔다. 약재와 침, 뜸 기구 들이 가지런히 정리되어 있었다. 곁에는 아침을 만들다가 던져놓은 음식과 그릇 들이 널브러져 있었다. 서탁 앞에 앉으며 가만히 눈을 감았다.

"비적 소굴인 거 알고 왔다. 비적 우두머리 이규준! 썩 나오너라."

이화익이 산막 앞에서 소리를 질렀다. 그 소리를 들으며 규준은 그냥 풀썩 웃었다.

"아니, 이게 무슨 행패요. 비적 소굴이라니 말조심해."

황보준이 기죽지 않고 마주 고함을 질렀다.

"젊은 놈이 어른에게 소릴 쳐! 석곡 서당 가르침이 바로 이것이냐?"

"사람다운 사람에게만 예절을 다하라고 배웠다. 나라를 팔아 먹고, 왜놈 종노릇하는 소인에게는 예를 할 필요가 없다는 게 우리 서당 가르침이다."

황보준은 한마디도 지지 않았다. 얼굴이 벌겋게 된 이화익이 몽둥이를 치켜들었다. 그러나 황보준은 눈을 똑바로 뜨고 이화익을 쏘아보았다. 마을에서 달려온 어른과 학동 모두 그런 눈으로 이화익을 쏘아보았다. 이화익은 몽둥이를 슬그머니 내려놓으며 소리쳤다.

"두고 봐. 내가 너희 놈들을 죄다 옥에 처넣을 거야. 저 안부터 뒤집시다. 비적들이 숨어 있을 거요."

뒤에 서 있던 순사와 헌병 들이 산막 안으로 들이닥쳤다. 규준은 눈을 감은 채 돌부처처럼 꼼짝 않고 앉아 있었다. 그 모습에 순사와 헌병 들이 멈칫했다. 뒤따라 들어온 이화익이 규준을 보고는 씩씩댔다.

"저놈이 비적 우두머리요. 저놈을 끌어내요."

"안 돼요. 비적 우두머리라니요. 우리 의원님을 데려가면 병자들은 어쩐단 말이오. 절대, 절대 못 데려가요."

박 서방이 울부짖으며 규준 앞을 몸으로 막고 나섰다. 학동들도 울부짖으며 규준 주위를 에워쌌다.

"병자? 여기 병자가 어디 있단 말이냐. 비적이 한 놈이라도 나오면 그때는 네놈들까지 몽땅 잡아갈 테다."

이화익이 화가 나서 고함을 질러대며 산막 안을 뒤졌다. 어둠

침침한 부엌방으로 들어갔던 이화익이 병자를 끌고 나왔다. 밝은 데로 나와서 병자의 모습을 보고는 기겁을 하고 뒤로 나자빠졌다.

"무, 문둥이닷!"

헌병보조원들이 먼저 뒤도 보지 않고 내뺐다. 순사와 헌병 들도 병자를 보고는 혼비백산하여 도망쳐 버렸다.

"보았느냐. 비적의 소굴을? 너도 글을 읽었으니 알 것이다. 공자님이 말씀하시기를 하늘에 죄를 지으면 빌 곳조차 없다고 하였다. 똑똑히 기억하여라. 저 병자들이 흉측하다고 생각하느냐? 진정 흉측한 것은 바로 네놈의 모습이다."

규준이 그제야 밖으로 나와서 눈밭에 나자빠진 이화익을 내려다보며 불같이 소리쳤다. 규준의 목소리가 산을 쩌렁쩌렁 울렸다. 이화익이 일어나 주변을 둘러보았다. 그의 편이 되어 줄 사람들은 모두 도망치고 없었다. 겁을 먹은 이화익이 허둥지둥 산비탈을 내려갔다.

의병들은 숨어서 이 광경을 하나도 놓치지 않고 죄다 보고 있었다. 병자들 덕분에 그들은 죽음의 위기를 넘길 수 있었다. 순사와 헌병 들이 사라진 것을 확인한 의병들이 하나, 둘 산막 앞으로 모여들었다.

"너희들도 똑똑히 들어라. 너희들이 목숨을 걸고 일어난 것은 나라와 백성을 위함이다. 그렇다면 저 병자들은 백성이 아니더냐? 잊지 마라. 저들이 너희 목숨을 살렸다."

규준은 잠깐 뜸을 들이며 숨을 몰아쉬었다.

"공자님께서 말씀하시기를 어진 사람은 다른 이를 사랑하며, 어리석고 악한 사람도 아량으로 대하고 가르쳐서 바른 사람이 되게 해야 한다고 이르셨다. 하물며 불쌍한 병자는 어떻게 대하는 게 옳으냐?"

의병들은 하나같이 말이 없었다.

그때, 산기슭 으슥한 곳에서 부스럭대는 소리가 들렸다. 사람들 눈이 그쪽으로 향했다. 총을 든 사람 하나가 조심스럽게 모습을 드러냈다.

"아니, 중군장님!"

의병들이 그를 맞았다.

"산막에 헌병들 습격이 있다는 첩보를 받고 달려왔는데 피해는 없소?"

그가 주변을 둘러보며 총을 움켜쥐었다.

"습격? 있었어요. 그런데 우리 훈장님이 모두 물리쳤답니다."

학동이 어깨를 으쓱거리며 대신 대답했다.

"예, 저 아이 말처럼 모두 물러갔습니다. 여기 피해는 없습니다. 다시는 이곳에 오지 않을 겁니다."

황보준이 설명했다.

"그게 무슨 말이요?"

중군장이 의아한 표정을 지었다.

"여기서 이러지 말고 안으로 들어갑시다."

규준은 그렇다고 안심할 수만은 없다는 생각이 들었다. 이화익이 또 뭔가 꼬투리를 잡아 뒤를 노릴 게 분명했다.

중군장이 주변을 확인하고는 다시 숲으로 달려갔다. 잠시 뒤에 한 사람을 앞세우고 돌아왔다.

"장헌문이라고 합니다."

그는 규준 앞에 넙죽이 절을 하였다.

"장기 의진 대장 아니십니까?"

규준도 마주 절하며 반갑게 그를 맞이하였다.

"고맙습니다. 저희 의병들을 돌봐주신 덕분에 저희가 마음껏 싸울 수 있었습니다."

"아닙니다. 제가 고맙다는 말씀을 먼저 드리고 싶습니다. 쓰러진 나라를, 고통 속에 빠진 백성들을 위해 나서주셔서 정말 고맙습니다."

나이는 규준이 15세 정도 많았다. 만난 적은 없었으나 알음알음 소문으로 서로를 잘 알고 있었다.

"나라를 지켜야 할 벼슬아치들이 먼저 왜놈들에게 나라를 바치고 말았습니다. 이런 원통한 일을 당하고 어떻게 가만히 있을 수가 있겠습니까?"

장헌문 의병장이 두 주먹이 부르르 떨었다. 중군장과 뒤따라

온 병사들도 주먹을 불끈 쥐었다.

"글을 읽었다는 자들이 그런 꼴이니 의지할 곳을 잃은 백성들 형편은 더욱 어렵소이다."

규준은 장헌문의 말에 맞장구를 치며 지조 없는 선비들을 나무랐다.

"지난 왜란처럼 다시 백성들이 일어나야지요."

"그렇습니다. 백성에게 답이 있습니다. 백성이 있는 한 나라는 없어지지 않습니다."

규준과 장헌문은 나라와 백성에 대한 이야기를 길게 나누었다.

"그래서 선생님께서는 이들 곁에 머무시는 겁니까?"

이야기 끝에 장헌문이 규준에게 물었다.

"나는 이들과 함께할 겁니다. 내가 해야 할 일입니다. 우리 백성들 모두 자기 자리에서 자신이 해야 할 일을 찾아 나서는 게 바로 나라를 지키는 길입니다."

장헌문은 규준의 손을 잡고는 한참 동안 바라보았다. 규준도 장헌문 의병장의 손을 꽉 잡았다.

"이 나라는 백성의 것이라는 말씀, 깊이 새기겠습니다."

산막에는 어느새 어둠이 내리고 있었다. 골짜기를 타고 온 바람에 마른 잎사귀들이 더욱 바스락댔다.

장헌문이 돌아간 뒤에 계획했던 일들을 서둘러야겠다는 생각이 들었다. 의병들이 나라를 위하여 목숨을 걸듯이 경서와 의서 인쇄 작업도 그렇게 해야 할 일이었다. 일본이 나라를 집어삼킨 뒤에 가장 먼저 우리의 모습을 없애려고 나설 게 틀림없었다. 조선 백성이 일본인으로 변하지 않을 수 있는 길은 조선의 전통과 정신을 간직하고, 보급하는 일이라고 생각했다.

규준은 목판 각자 작업과 인쇄 작업을 서둘렀다.

의감중마

:

『황제내경소문대요』를 구하려는 사람들의 연락이 이어졌다. 목판으로 찍어낸 게 참으로 다행스러웠다.

규준의 나이도 50대 중반을 훌쩍 넘어서고 있었다. 서당에서 학동들을 만나는 일, 병자를 돌보는 일, 산막을 오가는 일, 어느 것 하나 쉽고 만만한 게 없었다. 특히 금오산 산막에 오르는 일은 점점 힘에 부쳤다. 서당 일은 제자들에게 많이 의지할 수 있었지만 업병과 난치병자들, 의병을 돌보는 일만큼은 제자들에게 맡길 수가 없었다.

대한제국이라지만 허울뿐인 나라가 걱정이었다. 백성을 제대로 돌보지 않는 그 나라조차 사라질 기미가 곳곳에서 나타나고 있었다. 임곡 나루 앞바다는 이미 일본 어선 천지가 되었으며, 창주 마을 넓은 바다도 일본 배들이 한 달 넘게 버티며 고기를 잡아갔다. 심지어 그들은 뭍으로 들어와서 자기네들 마음대로

막을 치고 지내기도 했다. 그러나 누구 하나 막으려고 나서지를 못했다.

백성들을 더욱 힘들게 하는 일이 또 기다리고 있었다.

고종 임금이 자리에서 쫓겨나는 일이 벌어졌다.

'을사늑약' 이후 일제는 조선의 외교권을 장악하고, 조선을 완전한 자기네의 보호국이라고 국내외에 선전하였다. 그런데 이를 부정하는 고종 임금의 특사 사건이 터졌다. 헤이그 특사 사건은 일본의 불법적인 침략 행위를 세계에 알리는 계기가 되었다.

규준은 이를 계기로 고종 임금의 무책임한 일들을 조금은 이해하게 되었다. 그런데 일제는 헤이그 특사 사건을 빌미로 고종 임금에 대하여 압력을 가하기 시작하였다. 심지어 고종 임금을 일본으로 불러들여서 사죄를 받아야 한다느니, 한국의 내각을 일본 사람으로 채워야 한다느니, 한국의 군대를 완전히 없애야 한다느니 온갖 이야기들이 흘러나왔다.

통감 이토 히로부미는 경운궁에서 고종 임금을 만나 헤이그 특사 파견에 대하여 따지고 핀잔까지 준 뒤에 이완용을 시켜 폐위 공작을 펴게 하였다. 그리하여 7월 6일, 헤이그 특사 사건 뒤 처리를 위한 어전 회의가 열리게 되었는데 송병준이 나서서 헤이그 특사에 대한 책임을 임금에게 묻고 감히 임금 자리를 세자에게 넘기라고 요구했다. 이런 행동은 나라의 대신으로서 할 짓이 아니었다. 이완용을 비롯한 대신들은 대한제국의 대신이 아니라 일본의 꼭두각시가 되어 있었다.

고종 임금이 자기네들 뜻대로 움직여 주지 않자 다시 이토 히로부미의 지시를 받은 이완용과 그 일당은 비밀리에 회의를 열고 고종 임금의 폐위를 실행하기로 결정하였다. 그들은 캄캄한 밤에 일본 군경을 데리고 대궐로 들어가서 임금을 협박하였고, 고종은 그들의 말을 들을 수밖에 없었다.

규준은 신문에 실린 고종 임금의 양위 조서를 읽으며 하늘이 내려앉는 느낌을 받았다.

'우리는 어디로 가고 있는가?'

규준은 비바람 치는 바다 한가운데 버려진 느낌이었다. 사방에서 몰려드는 파도 때문에 아무것도 보이지 않았다. 너무나 길고 험난한 시간을 표류해 왔다는 생각이 들었다. 파도는 거세고 캄캄한 구름은 여전히 하늘을 덮고 있었다. 한 치 앞도 내다볼 수 없었다.

"성현이 사라진 세상이야."

하루에도 몇 차례씩 이런 푸념이 저절로 나왔다. 그동안 길을 안내해줄 스승을 찾아다닌 일들이 다 헛된 수고였음을 깨달았다. 규준을 사문난적으로 몰아붙인 선비들은 모두 어느 구석에 박혀 있는지 알 수 없었다. 그들이 지르던 고함이 일제의 무례 앞에서는 사라지고 말았다. 다시 경서에 매달릴 수밖에 없었다.

규준의 오른쪽 시력은 점점 나빠져 거의 보이지 않게 되었다.

지독하게 매달려온 독서와 일 탓이었다. 눈이 더 나빠지기 전에 끝내야 할 일이 있었다. 허준이 만든 『동의보감』을 수십 차례 거듭 읽으면서 느낀 건 지나치게 분량이 많을 뿐만 아니라 너무나 범위가 넓다는 것이었다. 그 때문에 의원들이 병자를 앞에 두고 증상에 따라 적절한 처방을 찾아내기가 어려웠다. 그야말로 많은 내용이 모여 있었지만 이를 활용하려는 사람에 대한 배려가 늘 아쉬웠다.

부양론에 따라 얻어낸 증상과 약재 조제방법, 복용법 등을 기록한 처방전이 쌓여만 갔다. 규준은 이를 책으로 엮어서 뒤따라오는 제자들에게 남기고 싶었다.

『동의보감』은 어린 규준에게 김 의원이 빌려준 의서였다. 그때부터 지금껏 한 시도 놓아본 적이 없었다. 읽고 또 읽는 동안 책 모서리가 닳고 닳아서 각이 사라진 지 오래였다. 그 내용 중 '부양론', '기혈론' 입장에서 상통하는 부분을 임상에서 얻은 처방과 결합하여 새롭게 정리하였다. 이렇게 6권 3책으로 만든 책이 『의감중마』였다. 의감중마 라고 이름 붙인 이유를 규준은 책머리에 당당하게 밝혔다.

'이렇게 이름을 붙인 것은 이 책이 『동의보감』의 내용을 해치거나 맞서려는 의서가 아니라 『동의보감』을 거듭 연마하는 책이란 뜻이다.'

머리말 뒤에는 의원으로서 익혀야 할 두 가지 점을 강조해 두었다. 하나는 오행에 따른 사물의 분류였으며, 두 번째는 사람의 몸에 나 있는 경락의 길이었다. 이 두 가지 점이 의학에 있어서 가장 기본이 된다는 점도 밝혀 두고자 하였다.

그야말로 병자들의 임상을 통하여 의학의 새로운 학설인 '부양론'이 탄생하는 순간이었다. 이를 통해 규준은 정확한 고증을 바탕으로 하는 과학적이고 객관적인 의술의 경지를 보여주었다.

유학에서는 송나라의 학설을 배격하고 한나라와 당나라의 주석을 존중했는데, 의학에서도 송나라 시대의 전통을 이은 금나라, 원나라 때 주단계의 '보음설'을 배척하고 '부양론'을 새롭게 내놓았다.

주단계가 주창한 '보음설' 즉 "양은 항상 남음이 있으나, 음은 항상 부족하다."는 설에 맞서서 "양은 항상 부족한 것을 걱정하고, 음은 항상 남음을 걱정한다."라고 하여 주단계가 주장하는 자음강화(음을 보하여 허화를 내리는 방법)를 배척하고 양을 도와야 한다는 이론이 바로 '부양론'이다. 아울러 사람의 마음을 하늘의 태양과 같다고 보았다. 즉 마음 다스리기를 권하였다. 마음에서 모든 잡념을 없애고 비운 뒤 고요하고 편안한 마음으로 우주와 맞닿으면 인간 스스로 치유의 기운을 만들 수 있을 거라고 보았다. 그리하여 어린아이부터 노인에 이르기까지 양을 돕는 온열약재인 인삼과 부자 등을 즐겨 처방하였다. 그래서 사람들이 규준을 두고 '이부자'라는 이름을 따로 지어 부르기도 하였다.

"스승님! 이제는 쉬셔야 합니다."

제자들이 나서서 말렸다. 의학서 간행을 위하여 일일이 판재에 각자를 하고 인쇄하는 일은 참으로 힘든 일이었다. 규준은 시간을 쪼개가며 이 일에 매달렸다. 제자들은 그런 규준의 열성때문에 힘들어도 힘들다는 소리조차 꺼내지 못하였다.

제자들이나 각수들이 짜증을 내기라도 하면

"머뭇거릴 시간이 없다. 내 비록 시대를 잘못 만나서 벼슬자리로 나아가지 못하였고, 훌륭한 스승을 얻지 못하여 학문의 경지를 인정받지는 못하였지만 경서의 가르침이 바르게 전해지기를 소망한다. 그래서 내가 아는 진리를 백성들과 나누려고 하는 것이야. 이것이 내가 가야 할 길인데 어찌 게으름을 부릴 수 있겠느냐. 숨이 붙어 있는 동안은 뚜벅뚜벅 걸어갈 것이야."

규준의 말에 제자들은 아무런 대꾸를 하지 못하였다.

학동들과 병자들 사이를 오가며 살아가는 규준의 바쁜 생활은 해가 바뀌었지만 변하지 않았다. 규준의 집과 서당, 산막은 학동과 병자로 시장처럼 붐볐다.

봄이 가고 또 여름이 찾아왔다. 어수선한 세상 속에 괴질이 번지고 있다는 소문이 돌았다. 규준은 모여든 사람들을 보며 이를 걱정하지 않을 수가 없었다.

"무슨 괴질이라더냐?"

소문을 듣고 온 사람에게 물었다.

"쥐통이라고 합니다. 부산과 청주에서 처음 발생했는데 인천과 서울, 신의주까지 번져 가고 있답니다."

"호열자로구나."

규준은 그 사람에게 입단속을 시키고, 의술을 공부하는 제자들을 따로 불러 모았다. 병을 미리 막을 방법을 의논했다.

이 병에 걸리면 얼마나 아팠는지 그 고통이 호랑이가 살점을 찢어내는 것과 같다는 뜻으로 호열자라 불렀다. 그러나 우리나라에서는 쥐통이라고 부르던 괴질이었다. 병에 걸리면 쥐가 팔다리로 오르내리는 것 같으며, 마음대로 움직이지도 못하고 설사와 구토를 하다가 끝내 뼈만 앙상하게 남은 채 죽었다. 이 병이 한 집에 들어가면 그 집 사람이 다 죽고, 이 고을에서 저 고을로 칡덩굴같이 뻗어 가며 한순간에 일어난 불과 같이 퍼져간다는 말이 전해질 만큼 무서운 전염병이었다.

관청 업무시간은 단축되고, 학교는 휴교에 들어갔으며, 시장과 상점들은 모두 문을 닫았다. 나라에서는 길목마다 목책을 세워 사람들의 이동을 막았다. 온 백성이 공포에 휩싸였다.

사람들이 엄청나게 죽어간다는 소문이 끊임없이 들려왔다. 규준은 병자들의 위생에 특히 힘을 기울였다. 많은 사람이 함께 생활하기 때문에 유행병이 나타나면 삽시간에 전염될 수가 있었다. 규준은 일어나 가장 먼저 우물을 들여다 보았다. 우물 뚜껑을 만들어 덮고는 물을 그냥 마시지 못하게 하였다. 반드시 끓여서 먹게 하였다. 들어오고 나가는 사람도 철저히 막아야만 했다. 나가려는 사람도 증세를 확인했으며 들어오려는 사람도 몸 상태를 충분히 알아본 뒤에 머물게 했다.

"선생님! 안타까운 소식입니다."

해 질 무렵에 장기에서 제자 하나가 넘어왔다.

"무슨 일이냐? 또 누가 죽었느냐?"

가슴이 덜컥 내려앉았다.

"장기 의진 장 대장이 붙잡혔답니다."

"아니, 어쩌다가?"

"식량과 탄약, 병력의 부족을 무릅쓰고 일본군과 싸우다가 적의 총탄에 부상을 입는 바람에……"

"지금 어디 있소? 총에 맞았다면 치료를 해야지."

"이미 대구 형무소로 넘어갔답니다."

"불행은 불행을 따라온다더니 어떻게 이런 일이 이어지는가!"

규준은 다리에 힘이 풀리면서 그 자리에 주저앉고 말았다. 제자들이 달려와서 부축하여 방으로 옮겼지만 한참 동안 기운을 차리지 못하였다.

불안을 느낀 의병들이 웅성거리기 시작했다. 하루 이틀 지나는 사이에 이들은 어둠을 틈타서 산막을 빠져나갔다. 그들이 빠져나간 뒤에 비적 잔당을 소탕한다며 이화익이 헌병과 수비대를 데리고 산막과 서당, 약방을 덮쳤다. 체포된 의병에게 정보를 얻은 모양이었다.

이들은 의병에 참여했던 사람을 찾아내려고 눈에 불을 켜고 다녔다. 의병의 가족도 고향 땅에서 살지 못하도록 모질게 내쫓았다. 가족이 있으면 의병이 다시 모일까 봐 겁을 먹고 저지른 일이었다. 심지어는 집을 불태우기도 했다.

규준은 이화익과 같은 사람들을 이해할 수가 없었다. 그들은 글을 읽고 시골에서는 제법 재산도 가진 사람들이었다. 백성 위에서 떵떵거리던 사람들이 세상이 변하자 이번에는 일본에게 붙어서 다시 백성을 괴롭혔다. 그들이 읽고 쓴 '의리'가 무엇인지 궁금했다.

가을이 짙어지고, 찬바람이 뒷산을 넘어올 무렵, 호열자가 잠잠해졌다.

규준도 기운을 차리고 자리에서 일어났다.

"대구에 다녀와야겠다."

제자들과 가족들이 모두 나서서 말렸지만 규준의 고집을 꺾지 못하였다.

규준은 서병오를 앞세워 형무소에 갇힌 의병장 장헌문을 만나볼 생각이었다.

"면회가 어렵답니다."

서병오가 고개를 저었다.

"나라를 구하려다 다친 사람인데 면회조차 어렵다니 그게 무슨 이치야."

규준이 버럭 소리를 질렀다.

사랑방에 여러 사람이 둘러앉아 있었지만 개의치 않았다.

"10년 형을 받은 중범죄자로 일제가 면회를 막고 있답니다."

규준은 천장을 올려다보며 길게 한숨을 내쉬었다.

"오랑캐의 흉악함이 하늘에 이르렀도다."

한 달 넘게 대구에 머물면서 노력해 보았지만 뜻을 이룰 수가 없었다.

어느새 12월이 되었다.

규준은 집으로 돌아와서 그나마 마음이 통했던 면우 곽종석에게 편지를 썼다.

규준은 가야산 여행을 마치고 오는 길에 40리를 걸어서 다전이라는 곳으로 면우 곽종석을 찾아간 적이 있었다. 그는 유학뿐만 아니라 그리스 철학과 기독교 교리까지 탐구할 정도로 동서양 학문에 두루 밝은 이름난 학자였다. 대부분의 학자는 규준이 찾아갔을 때 먼저 '어느 문중 출신이냐? 어떤 스승 밑에서 공부를 하였느냐?'를 따져 물었다. 그러고는 외진 영일 땅 출신으로 문중도 형편없고, 스승도 없다는 것을 알고 나면 그만 업신여기며 상대해 주지 않으려고 하였다. 그렇게 쫓겨난 게 한두 번이 아니었다. 그러나 면우 곽종석은 달랐다. 불쑥 찾아간 규준을 반갑게 맞아 주었다. 아파서 탕건도 쓰지 못한 채 검은 천으로 머리를 두르고 누웠다가 기꺼이 마주 앉아 이야기를 나누었다. 그 모습을 규준은 잊을 수가 없었다. 큰 대접을 받은 기분이었다.

세상 돌아가는 일이 하도 답답하여 하소연 삼아 편지를 쓰려고 앉으니 면우를 만났을 때 선비들의 잘못에 대하여 모질게 내뱉었던 말들이 되살아났다.

"중국이 망한 것은 외국 오랑캐가 중국을 망하게 한 것이 아니라 중국 스스로 망한 것입니다. 중국이 스스로 망한 것은 백성을 학대한 관리들 때문이라고 사람들은 말합니다. 관리들이 백성을 학대한 원인은 유교가 제대로 가르침을 펼치지 않았기 때문입니다. 학문을 했다는 선비들은 성리학의 그림자나 메아리를 더듬어 서로 파당이나 만들어 으르렁거리니 이런 모습은 선비라는 사람의 사람됨과 행실이 수준 아래라는 게 아니겠습니까? 이제 와서는 선비라는 자들 거의 모두가 콩이나 보리도 구분하지 못하고 그대로 서양의 것을 따르니 섬나라 오랑캐조차 비웃고 있는 것을 왜 모릅니까? 외국의 훌륭한 정치에는 눈을 감고, 백성들의 이익은 외면해 온 소인들은 아직도 쓸데없는 문장 짓기만을 다투고 있습니다. 바로 그런 선비들이 나라를 팔아 먹고 백성을 희생시키는 지경에 이르게 했습니다."

규준은 그때 마음에 담아두었던 말을 면우 앞에서 다 풀어놓았다. 면우는 규준의 울분에 찬 이야기를 다 받아 주었다. 사흘을 함께 지내면서 토론과 기울어가는 나라를 걱정했다. 면우는 규준과 헤어지는 아쉬움을 이렇게 이야기했다.

"만난 때가 만년이고, 사는 곳이 또 너무나 먼 게 한스럽소이다. 세월이 또 재촉하니 다음에 다시 만날 수나 있을는지요?"

두 사람은 그런 아쉬움을 마음에 담고 헤어졌다.

규준은 기울어져 가는 나라를 지켜보며 그 안타까운 마음을 편지에 적었다.

〈 …… 시대를 아파하고 변화를 관찰하면서 세상 구제할 방법을 지니신 채 아직 때를 기다리시고 계시는지요. …… 통치자가 바른 도리를 잃어 백성이 이처럼 오랫동안 뿔뿔이 흩어진 일은 그 어느 시대에도 없었습니다. 서로 편을 나누어 서로 원수가 되고 위협과 권세로 서로를 죽이는 사이에 우리 문명은 사라지고 있습니다. 지금 세상은 오랑캐가 문명화된 것보다 오히려 못합니다. 노예가 되는 것도 부족하여 장차 많은 백성이 희생될 지경에 이르렀습니다. 이런 세상에 태어난 선비는 도대체 어떻게 해야 합니까? …… 〉

왕진

⋮

고종 임금을 강제로 폐위한 일본은 한국을 식민지로 만드는데 최대 걸림돌인 한국 군대를 해산하였다. 이때 많은 군인이 군대 해산에 반발하여 직접 전투를 벌이거나 의병에 합류하면서 전국적으로 항일운동이 거세게 일어났다. 그러나 대부분의 의병은 전문적인 군사훈련을 받지 못한 상태였다. 애국심만으로 모여든 의병은 일제가 벌인 '대토벌작전'으로 많은 희생을 낳았다. 점점 국내에서 항일운동이 어려워지자 많은 민족지도자들이 항일운동을 계속 펼쳐나가기 위해 만주나 시베리아로 옮겨가기 시작했다.

일제는 1910년 5월 육군 대신 데라우치를 3대 통감으로 임명하여 한국을 식민지로 만드는 일을 서둘렀다. 데라우치는 한국 국민을 통제하기 위하여 헌병 경찰제를 강화하는 한편 일반 경찰도 정비하였다. 앞잡이 역할을 하던 한국 경찰을 일제 경찰에

통합시키면서 치안권을 완전히 손아귀에 넣었다. 그야말로 일제는 한국을 식민지로 선언하는 일만 남겨두고 있었다.

1910년 8월 22일, 통감은 비밀리에 총리대신 이완용과 〈한일합병조약안〉에 날인을 함으로써 한국은 일본의 식민지가 되고 말았다. 백성들은 아무것도 모르는 사이에, 조선왕조가 건국된 지 519년 만에, 대한제국으로 바꾼 지 14년 만에 나라는 사라지고 말았다.

일제는 총독부를 세우고 한국을 통치하기 시작했으며 한국의 모든 권리를 빼앗아 갔다. 경제적 지배를 위하여 산업의 모든 분야가 일본 사람의 손에 넘어갔으며, 토지조사사업을 실시하여 대부분의 토지를 탈취해 갔다. 대다수의 농민은 소작농 신세가 되고 말았다. 아울러 한국의 전통은 하나하나 파괴되어 갔으며, 우리말과 글자 사용까지 막았다.

그러나 다행히도 서당 학동들은 점점 불어나기 시작했다.

소학교가 있었지만 각 도별로 1개 정도에 불과했다. 그러므로 시골에서는 멀고도 먼 이야기일 뿐이었다. 또 일제가 소학교에서 일본어를 가르치고, 일본인으로 만드는 교육을 하면서 학생들이 소학교로 가지 않고 서당에서 계속 공부하는 일이 많았다. 소학교가 없는 시골에서는 자연히 서당으로 학생들이 몰렸다. 일제의 통감부는 일본어와 일본식 교육을 위하여 서당의 교육 내용까지 통제하기 시작하였다.

규준이 두려워하던 일들이 너무나 빨리 다가오고 있었다. 구룡포와 감포, 형산강 너머 경주까지도 온통 일본인 천지가 되어 갔다.

규준의 마음이 거센 풍랑을 만난 배처럼 흔들렸다. 믿을 수 없는 일들이 꼬리에 꼬리를 물고 일어났다.

모여든 학동들을 위하여 숙소를 짓고, 그들을 먹이기 위하여 더욱 농사일에 매달렸다. 주변 사람들에게 도움을 청하러 다니는 일도 규준의 중요한 몫이 되었다. 교육 과목도 하나를 더 늘렸다. 우리글을 가르치기로 하였고, 편지는 꼭 우리글로 하도록 하였다. 규준은 집안 사람들에게 보내는 편지도 직접 우리글로 적으며 본을 보였다.

마침 틈이 나서 편지를 적고 있는데 문밖에서 인기척이 났다.

"거기 누구냐?"

"저어, 아버지!"

맏이 박종이었다. 문을 열고 들어오는 아들의 얼굴을 먼저 살폈다.

"또 무슨 일이 일어났느냐?"

규준 대신 든든하게 집안일을 맡아서 처리해 나가고 있었다. 그러나 몸이 약하여 규준의 아픈 손가락이기도 했다.

"아닙니다. 저어……"

박종이 말에 뜸을 들였다. 가슴이 '쿵'하며 떨어졌다.

"집안에 무슨 걱정이라도 있느냐?"

"아닙니다. 저어……."

박종이 또 머뭇거렸다. 큰 걱정거리는 아닌 듯했다. 규준도 마음을 가라앉히며 그제야 허리를 꼿꼿이 폈다.

"그래. 어서 말해 보아라."

"아버지께서 저와 같이 가 주셨으면 합니다만."

"무슨 일인데 그렇게 뜸을 들이느냐?"

박종은 규준 앞으로 더 다가앉으며 목소리를 한껏 낮추었다.

"지난번 장헌문 의병장이 산막에 온 날을 기억하십니까?"

"그래. 기억하고말고. 산막이 불타던 날 아니냐."

"그때 의병장과 같이 산막으로 들어왔던 중군장도 기억하십니까?"

"그래, 몸이 단단하던 젊은이였지."

"예, 아버지. 실은 그 중군장이 제 벗이랍니다. 그 어머니가 오랫동안 병을 앓았는데 곧 돌아가실 것 같다는 연락이 왔습니다."

"아니, 돌아가실 것 같다면서 왜 이제 연락을 하느냐? 미리미리 처방을 받고 치료를 해야지."

규준이 의아한 눈으로 아들 얼굴로 바라보았다.

"그동안 제가 약을 보내기는 했습니다. 그런데 지난번에 장헌문 의병장이 잡히던 날 의병들도 거의 전사를 했답니다. 살아남은 의병들은 다른 지역으로 뿔뿔이 흩어져 숨어 산답니다. 제

벗도 부상을 입었지만 다행히 목숨은 건진 모양입니다만 집으로 돌아올 수는 없었습니다. 혹시 의병이 다시 모일까 봐 왜놈들은 의병으로 참여한 가족들을 모두 고향 마을에서 쫓아냈답니다. 제 벗을 유인하기 위하여 그 어머니만 잡아 두고 나머지 가족들은 강제로 흩어버렸지요. 그 어머니가 지금 돌아가시게 되었는데 장례 치를 사람조차 없답니다. 이웃 사람들이 마지막으로 아버지께서 그 어머니 맥이라도 한번 짚어 주었으면 덜 아쉽겠다며 찾아왔습니다."

규준은 가슴이 먹먹해 왔다. 산막을 구하러 달려왔던 그 청년의 얼굴이 떠올랐다. 어느 골짜기에서 일본 순사의 총에 맞아 피를 흘리며 간신히 몸을 피했을 억울한 청년. 보고 싶지만 아들이 잡힐까 봐 부르지 못했을 어머니. 그들의 아픔이 규준에게 고스란히 전해졌다.

규준은 자리를 박차고 일어났다.

"네가 앞서라."

박종이 약재를 챙기고 대문을 나섰다. 대문 밖에는 이웃에서 왔다는 두 사람이 서성대고 있었다. 규준을 보자 그들은 뛰어와서 허리를 굽혔다.

"고맙습니다. 고맙습니다."

박종을 돌아보며 규준이 나무랐다.

"아니, 손님을 안으로 모시지 않고 여기서 기다리게 하면 어띡

하느냐."

"너무나 급한 나머지 허둥대느라 그렇게 되었습니다."

날은 이미 저물고 있었다.

빈집과 다르지 않았다. 따뜻한 기운은 찾아볼 수가 없었다. 규준은 망설이지 않고 바로 방으로 들어갔다. 겁을 먹고 담 너머에서 기웃거리던 마을 사람들도 그제야 마당으로 따라 들어왔다.

노인은 죽은 사람처럼 누워 있었다. 곁에 앉아 노인의 손목을 잡았다. 손이 시릴 만큼 체온은 떨어져 있었다. 규준의 손길을 느낀 노인이 눈을 떴다.

"고맙습니다."

그러고는 다시 눈꺼풀이 스르르 닫혔다. 간신히 붙들고 있던 맥이 급격히 떨어졌다.

규준은 가만히 고개를 가로저었다.

"아버지, 어떻게 좀……."

박종이 규준 앞에 무릎을 꿇으며 두 손을 모았다. 규준은 벗의 어머니를 살려보려고 애쓰는 아들을 물끄러미 바라보았다. 많은 일들이 그래왔지만 이번에도 규준의 힘으로 어찌할 수 없는 일이었다. 가슴이 미어지며 두 눈이 젖어왔다. 대답 대신 캄캄한 천장을 올려다보며 눈물을 훔쳤다. 규준의 대답을 알아챈 박종이 노인의 손을 잡으며 흐느꼈다.

"어머니, 홍이에게 연락할게요."

홍이라는 아들 이름을 들은 노인은 힘겹게 눈을 떴다. 그러고는 박종의 손에 힘을 주었다.

"아니다. 그러면 안 된다."

숨을 거두면서도 어머니는 아들을 걱정하고 있었다. 박종을 잡았던 노인의 손에서 힘이 빠져나갔다. 박종의 울음소리가 커졌다.

규준은 마당으로 나왔다. 멀찍이 서 있는 마을 사람을 불렀다.

"장례 준비를 하세요."

규준의 말을 들은 마을 사람은 규준의 손을 잡으며 고개를 숙였다.

"고맙습니다. 의원님이 아니었으면 혼자 쓸쓸히 숨을 거두었을 겁니다. 모두 겁이 나서 이 집을 들여다볼 수 없었습니다. 의원님이 오시는 덕에 저희도 용기를 낼 수 있었습니다."

"아니, 이웃인데 왜, 그래야 했습니까?"

규준은 화가 나서 울컥 소리를 높였다.

"저기 보세요."

그는 규준에게 속삭이며 눈짓으로 담 너머를 가리켰다.

"아니, 저놈은……."

이화익이 담 너머에서 고개를 빼 들고 있었다. 그 곁에는 왜놈 순사들이 서 있었다.

"이 집 아들을 잡으려고 눈에 불을 켜고 설친답니다. 이 집에 드나들었다가는 다짜고짜 끌고 가서 몽둥이찜질이랍니다."

규준은 다시 방 안으로 들어갔다. 장례가 끝날 때까지 머물러야겠다고 마음을 먹었다.

"얘야, 사람을 집으로 보내서 장례 준비를 해 와야겠다. 네 벗의 어머니는 곧 네 어머니다. 네가 장례를 맡아라. 내가 도우마."

"아버지!"

박종은 눈물이 그렁그렁한 눈으로 아버지를 바라보았다. 벗의 어머니 장례를 상주가 되어 치러주고 싶었다. 그러나 아버지가 섭섭해할까 차마 말을 꺼내지 못하고 있었다. 그런데 아버지가 먼저 아들의 마음을 읽어 주었다.

마을에는 노인들뿐이었다. 젊은이 대부분이 의병에 참여했다가 마을로 돌아오지 못하고 죽었거나 다른 곳에서 숨어서 지내야만 했다. 규준은 장례가 끝날 때까지 5일간을 그 집에 머물렀다. 이화익은 마을 사람들과 한 덩어리가 된 규준의 모습을 보며 잔뜩 약이 올라 씩씩댔다.

장례가 끝날 때까지 노인의 아들 홍이는 나타나지 않았다.

규준은 장사를 지낸 뒤 산에서 내려오면서 주변을 둘러보았다. 강한 기운이 느껴졌다. 청년 의병, 홍이의 애틋한 눈길이 무덤을 감싸고 있었다. 으슥한 산 그림자 뒤에 숨어서 어머니와 이별을 나누고 있으리라는 생각이 들었다.

서당 폐쇄

:

다시 몇 번의 계절이 바뀌었다. 그동안 규준은 서당 일에 매달리며 학동들과 지내는 시간을 늘려갔다. 나라를 되찾을 수 있는 길이 이들에게 있다고 굳게 믿었기 때문이었다.

그런데 언제부터인가 이상하게도 순사들이 서당에 들리는 일이 잦아졌다. 몰래 들어와서는 규준이 학동들과 나누는 이야기를 엿듣기도 하였다. 때로는 대놓고 강학당에 올라와서 학동들이 보는 책을 뒤적이기도 하였다.

그러다가 지난여름, 추적추적 비가 오는 날이었다. 순사가 총독부에서 보내왔다는 지시사항과 책을 자전거에 싣고 와서는 들이밀었다. 그 뒤로 순사들이 들락거리며 아주 드러내놓고 이것저것 간섭하기 시작했다. 그러나 규준은 아예 대꾸조차 하지 않았다. 듣지 않아도 뻔한 이야기였다. 그들의 지시대로 가르치라는 것이었다.

봄날이었다.

새 학동들을 맞아들일 준비를 하고 있는데 이화익이 분견대 순사들을 끌고 나타났다.

"어이, 이 훈장! 석곡 서당에 문제가 있어서 왔네."

규준은 마침 학동들과 경서를 놓고 토론을 하고 있었다.

"무슨 소리요?"

"서당에 문제가 있다 이 말이야."

겁을 먹은 학동들이 눈치를 살피며 납작이 엎드렸다.

"또 무슨 트집을 잡으려는 거요. 지금 학동들과 공부하고 있으니 할 말이 있으면 좀 기다리시오."

규준도 물러서지 않았다. 규준의 말에 따라 접장들이 일어나서 이화익을 끌어내려고 하였다. 그러자 일본 순사들이 우르르 나서서 접장들을 막아섰다. 자칫 싸움이 일어날 것 같았다. 우선 먼저 학동들을 밖으로 내 보냈다.

"말해 보시오, 무슨 문제가 있단 말이요?"

그러자 일본 순사들도 뒤로 물러났다.

이화익이 실룩거리며 규준 앞으로 나서더니 종이를 내밀었다.

"읽어 봐."

규준은 종이를 펼쳤다. 일본 글자가 적혀 있었다. 규준은 일본 글자를 몰랐다. 또 읽고 싶지도 않았다. 종이를 서탁 위에 내려 놓으며 이화익의 얼굴을 쳐다보았다.

"무식하기는……."

이화익은 다른 사람이 다 들을 수 있도록 일부러 큰 소리로 말했다. 그는 규준에게 망신을 주려고 벼르고 있었다. 그러나 규준이 호락호락 당하지 않았다.

"이런 천박한 문자를 보았다는 게 부끄러울 뿐이요."

"뭐라고! 네놈의 바로 그런 생각 때문에 이 서당이 문을 닫게 된 거야. 나를 원망하지 말라고 다 네놈의 탓이야."

접장과 학동들이 놀라서 웅성댔다.

"서당 문을 닫다니 누구 맘대로 문을 닫는단 말이요?"

"내가 많이 봐 준 거야. 사문난적으로 판정이 난 그날 석곡 서당은 문을 닫아야 했어."

이화익이 서탁에 놓인 종이를 채가더니 읽기 시작했다.

석곡 서당은 총독부에서 명령한 서당 규칙을 어겼기에 폐쇄한다.

1. **서당을 개설하려고 할 때는 도장관의 인가를 받아야 한다.**
2. **서당의 교과서는 조선총독부 편찬 교과서를 사용하여야 한다.**
3. **조선총독부가 적격자로 인정하지 않는 자는 서당의 개설자 또는 교사가 될 수 없다.**
4. **도장관은 서당의 폐쇄 또는 교사의 변경, 기타 필요한 조치를 명령할 수 있다.**

"아니, 어떻게 이런 일이……."

규준은 자리에서 벌떡 일어나 이화익의 멱살을 움켜잡았다. 아무것도 보이지 않았다. 순사들이 규준을 떼어내서는 강학당 바닥에다 내팽개쳤다. 접장들이 규준에게 달려가서 안아 일으켰다. 어린 학동들이 겁에 질려 울음을 터뜨렸다. 병실에 있던 병자들과 마을 사람들이 몰려와서 마당을 가득히 채웠다.

"이럴 수는 없소!"

마을 사람 하나가 소리쳤다.

"맞아. 누구 맘대로 서당 문을 닫아. 안 될 말이야."

마당에 선 사람들이 웅성거리기 시작했다.

이화익이 돌아서며 그 사람들을 쓰윽 노려보았다.

"죽고 싶어!"

그는 순사가 들고 있던 총을 빼앗아 들더니 공중에다 한 발을 쏘았다. 귀청이 찢길 듯한 총소리의 울림이 한동안 서당과 마을 위를 떠돌았다. 마을 사람들은 머리를 감싸 안고는 비칠비칠 구석으로 달아났다.

이화익은 마당으로 내려가서 기둥에 붙여 둔 석곡 서당 현판을 뜯어냈다. 그러고는 마당 구석에 있던 도끼를 집어 들었다.

"그럴 필요까지 없잖은가."

순사가 오히려 놀라서 말렸다. 그러나 이화익은 분풀이하듯이 씩씩대며 현판을 산산조각 내버렸다.

"이제 세상이 바뀌었어. 낡은 것을 버리고 신학문을 배워야 해. 이런 구닥다리는 이 나라에서 사라져야 한다고. 다시 말하지만 총독부에서 명령한 일본어와 교육과목을 가르치지 않은 것은 바로 이규준 너야. 오늘 이 폐쇄의 책임은 총독부 지시를 거역한 네놈에게 있는 거야."

훈장을 했던 사람이 일제의 앞잡이가 되어 도끼로 서당 현판을 부수고 있었다.

규준은 눈을 감아 버렸다. 차마 그 광경을 볼 수가 없었다. 일제에 빌붙어서 거들먹대는 이화익과 더 시비를 벌이고 싶지 않았다.

일제강점기 서당은 일제의 동화교육에 대항하는 장소였으며, 백성들의 근대 교육에 대한 열망을 채워주던 교육기관이었다.

일제는 1908년에 제정된 사립학교령을 1911년 사립학교규칙으로 자기네들 입맛에 맞게 고쳐서 사립학교 폐쇄를 강요하였다. 뜻 있는 선각자들은 일제의 탄압에 맞서서 서당의 교육과정을 개편하여 운영하기로 하였다. 그래서 개편된 서당은 지금까지 서당이 가르쳐왔던 내용뿐만 아니라, 사립학교에서 하던 다양하고도 실용적인 과목으로 근대교육을 실시하였다. 이에 전국적으로 새로운 서당을 설치하자는 개량서당운동이 번져 나갔다. 일제통치자들은 서당교육이 민족교육과 민족의식을 앙양시키는 것으로 판단하고 탄압책을 실시하였다. 1918년 총독부는 서당규칙을 만들어 개량서당 폐쇄 및 설립을 방해하였다.

규준은 이화익을 외면했다.

'우리의 것이 구닥다리라는 말이로구나.'

의외로 선선히 자기네 말을 들어 주자 이화익은 다른 시빗거리를 찾았다. 그러나 규준은 대꾸하지 않고 마음을 다잡았다.

접장들에게 학동들을 진정시키게 하고는 강학당을 내려왔다. 마당 가운데 산산조각이 난 현판이 늘여있었다. 물끄러미 바라보던 규준은 그중 하나를 집어 들었다. 나무를 직접 다듬고 단숨에 써내려갔던 글자들이었다. 성현들의 가르침으로 나라를 바로 세워보려고 했던, 백성의 눈을 밝히려고 했던 그 마음도 산산이 깨져 버린 느낌이었다.

"후, 훈장님!"

접장 하나가 울먹이며 규준의 손을 부여잡았다. 그러자 다른 학동들도 훌쩍이며 하나둘 마당으로 나와서 현판 조각들을 주워 모았다.

"그만들 두어라."

규준은 서당 일을 잊으려고 병자들이 모여 있는 곳으로 갔다. 거기까지 이화익이 따라와서 시비를 걸었다. 거치적거리는 게 귀찮았던 병자 하나가 짜증을 부렸다.

"몸도 성한 사람이 왜 병자들 앞에서 얼쩡거려요? 비키세요,
비켜."

말투에 가시가 잔뜩 들어 있었다. 그래도 비켜서지 않자 다른
사람이 말을 이었다.

"우리말 못 알아듣는 걸 보니 왜놈인가 봐."

이화익의 얼굴을 모르는 사람은 없었다. 그런데도 병자들은
애써 모르는 척하며 이화익을 두고 빈정거렸다.

"뭐야! 이놈들 주둥이를 짓눌러 놔야 정신을 차리겠어?"

이화익의 말이 끝나기 무섭게 이곳저곳에서 웅성대기 시작했
다.

"어허, 조선 사람이었구먼."

"그런데 왜, 왜놈 차림을 하고 다니지?"

"그러게 나는 왜놈인 줄 알았다네."

이화익이 칼을 쳐들고 씩씩댔다. 그제야 규준이 고개를 들어
이화익을 바라보았다.

"이제 그만 돌아가 보시지요. 서당 문을 닫는데 또 무슨 일
이 남았소?"

그때 이화익의 발밑에 누웠던 병자가 몸부림을 치며 신음을
냈다. 병자를 데리고 온 보호자가 병자를 끌어안으며 소리쳤다.

"왜, 여기서 이러시오. 이 자리에서 사람 죽는 꼴을 보겠다는
말이요 뭐요!"

이화익에게 달려들어 멱살이라도 잡을 태세였다. 그러자 일본 순사들이 이화익의 팔을 잡아끌었다. 씩씩대던 이화익이 못 이긴 척하며 끌려갔다.

"두고 보자고!"

이화익이 나가자 몸부림치던 병자가 자리에서 일어나 앉으며 싱긋 웃었다.

"그사이에 다 나았는가 보오."

규준이 병자에게 우스개를 던졌다. 모여 있던 병자들이 왁자하게 웃어댔다. 그 소리가 돌아가던 이화익을 더욱 화나게 했다.

"의원님! 저놈이 말이에요. 감포에서 조선옥이라는 큰 술집을 열었대요."

"뭐요? 글을 읽었다는 선비가 술장사를 해요?"

규준이 처방전을 쓰다가 붓을 멈추었다.

"어디 그뿐입니까. 그쪽 논밭과 산은 죄다 저놈 것이 되었대요. 왜놈이 왕실 땅을 저놈에게 몰아주었대요."

규준은 머리를 흔들었다. 명색이 그도 글을 읽은 선비였다. 사실이 아니기를 바랐다.

이화익은 일본 뱃사람들을 상대로 장사를 하고 있으며, 그 돈으로 마련한 곡식을 우리 백성들에게 높은 이자로 빌려준다고 했다. 갚지 못하면 재산을 마구 빼앗고 심지어는 사람까지 제집 종으로 끌고 산다고도 했다.

"그 죄를 어떻게 감당하려고 그런 치욕스러운 짓을 할까?"

이튿날, 규준은 제자들을 시켜 학동들을 집으로 돌려보냈다. 규준은 직접 학동들 보따리에 책을 챙겨 넣어 주었다. 항상 책을 가까이하라는 가르침도 함께 넣었다. 며칠이 지난 뒤에 제자들과 병자들에게도 똑같은 말을 하였다.

서당 문을 닫은 뒤부터 규준의 몸이 마음처럼 움직여 주지 않았다. 문득문득 머리가 빈 것처럼, 혼이 빠져나간 사람처럼 멍하니 마을 어귀를 내다보곤 하였다. 자신도 모르게 제자들을 기다리고 있었다.

아침에 일어나면 변함없이 학동들이 지내던 방을 돌아보았다. 글 읽는 소리, 장난치는 소리, 쉼 없이 재잘거리던 소리는 사라지고 없었다. 그 자리에는 음습한 바람만이 남아서 수런대고 있었다. 일제의 강압 때문에 아이들을 가르칠 수 없다는 게 믿어지지 않았다. 문득 악몽에서 깨어나지 못하고 있다는 생각에 고개를 세차게 흔들어 보기도 했다.

강학당 훈장 자리에 앉았다. 텅 빈 마루를 마주하는 순간 눈물이 왈칵 쏟아졌다. 부옇게 흐려진 눈앞에 아이들이 어른거렸다.

"훈장님!"

고개를 들어보니 상정에서 왔던 네 아이가 조르르 달려왔다. 그들 때문에 벌어졌던 이화익 패거리들과의 시비가 고스란히 되살아났다.

"아니, 너희들은 돌아가지 않고 어찌 여기 있느냐?"

"훈장님 품에 들어온 훈장님 자식들이 어디를 가겠습니까?"

"내가 그랬지. 내 품에 들어온 내 자식들이라며 이화익과 맞섰지."

헐벗은 그때, 그 모습 그대로였다. 규준은 달려오는 아이들을 얼싸안았다. 그러나 가슴에는 바람만이 풀썩 지나가 버렸다. 헛것이었다. 다시 울컥 설움이 북받쳤다. 서당을 거쳐 간 학동들 얼굴들이 되살아났다. 같이 먹고 자고, 글을 읽은 시간이 모두, 모두 되살아났다.

규준은 서당 문을 닫았다는 것을 인정할 수가 없었다.

"아버지!"

눈물을 글썽거리고 있는데 박종이 마루 끝에 서 있었다. 벌써부터 그 자리에 서서 아버지의 슬픔이 잦아들기를 기다리고 있었다.

"으응, 그래 무슨 일이 있느냐?"

"예에, 상정에서 제자들이……."

"상정에서?"

"예에."

좀 전에 본 것이 그럼 헛것이 아니었단 말인가. 규준은 고개를 다시 한번 흔들어 보았다. 참으로 이상하다는 생각이 들었다.

"이리 오라고 하여라. 어서."

"스승님!"

말이 끝나기 무섭게 세 청년이 마루로 성큼 올라와서는 절을 하며 어깨를 들먹였다. 이화익에게서 벗어나 석곡 서당으로 옮겨왔던 어린아이들이 어느새 청년이 되어 있었다. 그들은 글자를 익히고는 안타깝게도 집으로 돌아갔다. 가난한 집안 살림을 도와야 했기 때문이었다.

"왜, 셋만 왔느냐?"

"형은 스승님이 대구 약방으로 보내셨잖아요. 약 공부를 하라고요. 그 덕에 우리 집 형편이 많이 좋아졌답니다."

"맞다. 맞아. 내가 그랬지."

규준은 그들 중 맏이를 서병오가 소개한 약방으로 보냈다. 그곳에서 그는 열심히 의술 공부를 했다.

"아버지, 이 사람들이 서당이 폐쇄되었다는 소문을 듣고 달려왔다고 그러네요. 그냥 오지 않고 나무를 한 짐씩 지고 왔습니다."

제자들도 서당 폐쇄 소식을 듣고는 안타까운 마음에 달려와 주었다. 그들은 규준 앞에 엎드려 한참 동안 흐느꼈다. 규준도 그들의 등을 쓸면서 마음 놓고 눈물을 흘렸다. 그들은 그냥 오기가 민망하여 땔나무를 가득 지고 희날재를 넘어온 것이었다.

"고마워, 고마우이. 서당을 떠난 지가 언젠데 저 무거운 것을 지고 희날재를 넘어오다니……"

규준은 마음이 찌릿했다. 이렇게 마음 따뜻한 제자들을 더는 가르칠 수 없다는 게 가슴을 아프게 했다.

"서당에 나오지 않아도 스승님의 가르침은 늘 저희 곁에 있답니다."

"늘 너희들 곁에 있다고?"

"그럼요. 우리는 늘 스승님의 가르침 속에서 살아요."

형제 중 막내가 다가앉으며 말했다.

"서당에 나오지 않아도 가르침은 계속된다는 말이냐?"

"예. 저희는 서로 그렇게 생각하며 힘을 얻고 있어요."

생각 하나가 머리를 치고 지나갔다. 성현을 마주하지 않아도 그 가르침은 이어지고 있다는 깨달음이었다.

"너희들이 나를 가르쳤구나."

"무, 무슨 말씀이세요? 저희가 무슨 잘못이라도……"

"너희들이 방금 나를 일으켜 세웠다 이 말이다."

제자들이 어리둥절하는 모습을 보며 규준은 오랜만에 소리 내어 웃었다.

일제는 신학문이라는 말을 앞세워 우리 것에 대한 핍박을 본격화할 조짐을 보였다.

상정 제자들이 돌아간 뒤에 규준은 보다 큰 가르침을 준비해야겠다는 생각을 했다. 제자들과 마주 앉지는 못하겠지만 가르침은 이어갈 수 있는 새로운 길을 찾아낸 것이다. 규준이 펼치고 있는 의술과 목판 인쇄 작업을 떠올렸다. 규준은 우리 학문과 의학, 예법에 대한 서책 보급을 서둘러야겠다는 결심을 하였다. 그 속에는 우리 모습, 우리 문화 그리고 정신이 들어있기 때문이었다. 그 일이 바로 가르침이자 나아가서는 우리 백성과 나라를 지키는 일이라고 생각했다. 눈에 보이는 서당이 아닌 새로운 서당을 짓기 시작했다.

주재소장

:

또 이화익이 나타났다.

줄을 기다리는 병자들을 밀치고는 규준 앞에 턱 하니 버티고 앉았다.

"처방 하나 해 줘야겠어."

안하무인이었다. 규준은 그 태도가 몹시 거슬렸다.

"그 같잖은 짓을 고칠 처방 말이요?"

"우리 주재소 소장님 영애인데 몸이 몹시 약해. 그런 데다가 바닷가 습도가 높아서 그런지 기침을 달고 살아. 잔기침 말이야."

규준은 늘어놓는 이화익의 말을 귓등으로 흘려버리고는 다른 병자에게 침을 놓았다.

"저 뒤에 가서 차례를 기다리시오."

규준은 언짢은 표정을 애써 감추며 다른 병자에게 옮겨갔다.

"어허, 이러면 내가 섭섭하지."

이화익이 규준의 팔을 잡아서 자기 쪽으로 끌어당겼다.

규준이 이화익의 손을 뿌리쳤다. 이번에는 이화익이 규준의 허리춤을 잡았다. 두 사람의 몸싸움에 병자들이 다칠 것 같았다. 제자들이 달려와서 허리춤을 잡은 이화익의 손을 빼냈다. 제자들은 이화익을 에워싸고는 마루로 데려갔다.

"글 읽은 사람답게 구시오."

황보준이 꾸짖었다.

"네 이놈들, 감히 나를 무시해!"

이화익이 씩씩대며 병자가 짚고 온 지팡이를 쳐들었다. 제자들이 가로막고 나섰다.

"다들 비켜서라. 저자가 무슨 짓을 하려는지 두고 볼 것이야."

규준의 말에도 제자들은 물러서지 않았다. 몇몇은 지팡이에 맞설 수 있는 몽둥이를 들고 대응하였다. 이화익은 규준을 노려보면서 내려칠 자세를 취했다. 제자들이 이화익을 달려들어 그를 밀어냈다. 밀려난 이화익이 밖에 서 있던 헌병들을 불렀다. 헌병들이 달려와서 총을 빼 들었다. 병자들이 한쪽으로 몰리며 '우우' 비명을 질렀다. 총을 본 제자들도 주춤주춤 뒤로 물러났다.

"그만들 두시오!"

규준의 고함이 집안을 처렁처렁 울렸다. 제자들을 뒤로 물리고 앞으로 나섰다. 헌병들 총구 앞에 똑바로 섰다. 똑바로 노려

보며 다시 소리를 쳤다.

"처방을 받으러 온 거야, 협박하러 온 거야?"

규준의 기세에 눌린 헌병들이 슬그머니 총을 내렸다. 그러고
는 다시 고개를 돌려 이화익을 바라보았다.

"나에게 처방을 받고 싶으면 병자를 데리고 오시오. 그리고
사람답게 사시오. 저기 저 마을 사람들을 한 번 봐. 당신을 바라
보는 눈빛이 어떠한지?"

이화익이 모여선 병자들 눈치를 살피더니 뒤로 물러났다.

이튿날 이화익이 다시 찾아왔다. 이번에는 차례를 기다렸다가
규준 앞에 앉았다. 말만은 풀죽은 투였다.

"이 의원. 주재소장이 용하다는 소문을 듣고는 꼭 처방을 받
아오라네. 정 안 되면 왕진이라도……."

규준은 물끄러미 이화익의 얼굴을 바라보았다. 아직도 어깨에
는 거만함이 붙어 있었다. 제 의사를 관철시키기 위해서는 무슨
짓이라도 할 수 있는 얼굴이었다.

"다시 이야기하는데 병자를 보아야 처방을 할 거 아니요. 또
멀리서 여기까지 찾아온 병자들을 두고 왕진갈 수 있겠소? 나
는 왕진을 나가지 않습니다."

규준의 그 말이 떨어지기 무섭게 이화익의 눈에서 파란 불꽃
이 일었다.

"내가 이렇게 사정을 하는데도 안 된다는 거야. 그러면 비적 어미 집에 간 것은 뭐야. 그건 왕진이 아니고 뭐란 말이야."

부탁하던 때 모습과는 영 딴판이었다. 규준은 그 마음을 읽고 있었기 때문에 그리 놀라지 않았다.

"내 뜻을 충분히 전했으니 그다음은 알아서 하시오."

규준은 이화익을 그대로 둔 채 다른 병자를 돌보았다. 한참 동안 앉아 버티던 이화익은 버럭버럭 소리를 지르다가 돌아갔다.

이튿날 이른 아침, 이화익이 다시 찾아왔다. 아직 병자들이 오기도 전이었다. 규준은 집에 머물면서 치료를 받는 난치병자들과 방에 있었다.

"이보시게. 이 의원! 좀 나와 보시게나."

규준에게 가까이 다가와서 조용조용 부르는 게 다른 날과는 영 다른 모습이었다.

"오늘은 병자를 데리고 왔어요?"

"아니, 그러니까 잠깐 밖으로 나와 보라니까. 우리 주재소 소장님께서 직접……."

"주재소장이 왔다고요?"

"그렇다네. 소장님이 직접 오셨다고."

그 말에 방 안에 있던 제자들 눈이 휘둥그레졌다. 병자들은 슬금슬금 몸을 피했다.

규준이 방을 나서자 제자들도 따라 나왔다. 아들 박종은 아예 규준 곁에 바짝 붙어 섰다. 대문 밖에는 커다란 말 한 마리가 서 있었다. 이화익이 재빨리 그쪽으로 가서는 뭐라고 말을 하였다.

소장이 마당으로 들어섰다. 거만한 모습으로 텅 빈 서당과 병자를 돌보는 병실 주변을 휘이 둘러보았다. 이화익이 규준에게 다가와서 인사를 드리라는 손짓을 보냈다. 그러나 규준은 그가 다가오기를 기다렸다. 그가 뒷짐을 진 채 다가와서 규준과 마주 섰다. 그제야 규준이 고개를 약간 숙였다.

"어서 오십시오. 안으로 드시지요."

규준이 손짓으로 방을 가리켰다. 그도 마주 고개를 숙이며 말했다.

"마쓰오카입니다. 반갑습니다."

우리말이었다. 규준은 능숙한 그의 말에 놀라서 그를 다시 한 번 바라보았다.

"안으로 모시겠습니다."

박종의 말에 소장이 댓돌 위에서 구두를 벗었다.

"여러 사람이 소개를 했습니다. 뛰어난 의원이시라고 하더군요."

그는 정중하게 규준을 대하였다. 의병을 집요하게 잡아 들이고 고문하던 산혹한 모습은 찾아볼 수가 없었다. 그런 모습에 규준이 오히려 당황하고 있었다.

"아직은 여러 의학서를 통해 공부하는 중입니다."

그는 방안 가득한 책을 둘러보았다.

"진작 찾아와야 하는데 바쁜 일이 많아서……. 장기와 구룡포 일대의 치안을 유지하는 일이 아주 힘이 듭니다. 신민들이 한 덩어리가 되어야 하는데 몇몇 불순분자들이……."

그는 은근히 위압적인 말로 분위기를 잡고 있었다. 아울러 '부탁'이라는 말을 하지 않으려고 빙빙 돌고 있었다. 힘을 내세워 규준을 굴복시키려는 게 분명했다. 허세와 허례를 싫어하는 규준은 그 태도가 못마땅했다.

"바쁘고 힘드시면 천천히 훗날을 잡으셨으면 좋았을 걸 그랬습니다. 진맥과 처방은 시간을 갖고 병자와 마음을 나누면서 이루어져야 한답니다. 다음에 따님을 데리고 한 번 오십시오."

곁에서 이를 지켜보던 이화익이 규준의 어깨를 쳤다.

"어허, 말귀를 못 알아듣네. 얼른 처방해 줘."

"이분의 말씀으로는 오늘은 그냥 인사차 오신 것 같습니다. 그래서 드린 말씀이요."

"이분이 누구신지는 알지? 그만큼 얘기했으면 알아들어야지."

이화익이 규준을 몰아붙이는 동안 그는 차가운 얼굴로 규준을 노려보았다.

"저 밖에 모여들기 시작하는 병자들이 보이지 않소? 나는 엉뚱한 말이나 주고받을 시간이 없소이다."

규준은 모여드는 병자들을 가리켰다. 그는 슬쩍 마당으로 눈길을 주었다가 다시 거두었다.

"정 이럴 거야? 저기 헌병들이 들고 있는 총이 안 보여? 이분은 얼마든지 너를 쏠 수 있다고."

규준은 그 말에 풀썩 웃었다.

"나는 사문난적으로 몰리면서 가난과 업병, 호열자를 뚫고 온 사람이요. 죽음이 두렵지 않소. 의원은 증상으로 처방할 뿐이요. 그런데 댁들에게는 허세만 있고 병세가 없는데 어찌 내가 처방을 할 수 있겠소."

"뭐야! 허세? 이놈이 감히, 우리 소장님이 비적들 소탕에 앞장섰다고 앙심을 품고 있는 게 분명해. 이런 불순 불량한 놈을 당장 쏴요. 쏴 버리라고."

이화익이 펄펄 뛰었다. 헌병들이 우르르 마당 안으로 들어와 한 줄로 섰다.

규준은 이화익을 멀거니 바라보며 혼잣소리처럼 말했다.

"의원의 눈에는 병자의 증세만 보일 뿐이요. 병자가 조선인이든, 일본인이든, 중국인이든, 아니면 지체 높은 벼슬아치든, 이름 없는 백성이든. 의원에게 있어서 그 목숨의 무게는 다르지 않소이다."

이화익은 그 말이 조롱으로 들렸다. 분을 참지 못한 이화익이 후다닥 마당으로 내려가서 헌병의 총을 빼앗아 들고 방으로 뛰어들었다. 규준의 머리에 총을 겨누었다. 당장이라도 방아쇠를 당길 기세였다. 사람들이 놀라서 '우-우' 비명을 질렀다.

"멈춰!"

그때까지 차가운 돌덩이처럼 꼼짝하지 않던 소장이 벌떡 일어서며 이화익의 뺨을 후려쳤다. 이화익이 맥없이 건너편 벽으로 나가떨어졌다. 헌병들이 재빨리 달려와 이화익을 끌고 밖으로 나갔다.

그는 천천히 무너지듯 규준 앞에 무릎을 꿇었다. 규준이 사람들을 방에서 내보냈다. 아들 박종이 나가며 문을 닫았다. 방에는 둘만 남게 되었다.

"부탁입니다. 제 딸 치료를 꼭 부탁합니다."

그는 머리를 깊이 숙였다.

"먼저 병자를 보고 싶습니다."

그는 잠깐 머뭇거리다가 긴 한숨을 내쉬었다. 차갑게 굳어있던 얼굴이 스르르 무너지고 있었다.

"제 아이는 걸을 수 없어요. 장애가 있습니다. 장기에서 여기까지 인력거를 타고 올 수도 없을 만큼 약한 아이입니다. 의원님의 소문을 듣고 꼭 처방을 받고 싶었습니다. 내 힘이면 뭐든지 할 수 있다고 생각했는데 하나뿐인 내 아이는 치료조차 어렵습니다. 부탁합니다."

그는 손수건을 꺼내서 눈가를 훔쳤다. 규준도 마음이 짠해 왔다. 세상 모든 부모의 마음은 똑같다는 생각이 들었다. 숨을 거두면서도 한사코 아들을 부르지 못하게 하던 노인이나 장애를 가진 딸을 위해 자신의 모든 권세를 내려놓는 소장의 마음은 다르지 않았다.

규준은 그가 말하는 증세에 따라 처방을 만들고, 정성을 다해 약을 지었다.

"산천의 만물은 햇살을 받아서 움을 틔우지요. 사람도 우주와 같은 형상을 하고 있답니다. 우주는 태양을 중심으로 움직이고, 그 기운이 뭇 생명을 살아가게 하지요. 사람에게 태양과 같은 역할을 심장이 하고 있답니다. 심장의 기운이 온몸에 활기를 불러오고 만병을 물리치기도 합니다. 그러므로 심장의 기운을 북돋워 주어야 합니다. 약재를 그 원리에 따라서 조제했습니다. 따님을 어두운 집안에만 있게 하지 마세요. 햇살 좋은 시간을 택하여 따뜻한 기운을 자주, 자주 받도록 일러주세요. 때로는 만가지 약재보다 태양의 기운이 사람을 일어서게 할 수 있답니다."

규준은 그의 손을 잡아 주었다.

"고맙습니다."

그는 일어나서 다시 허리를 굽혔다.

"시간을 내어 따님을 보러 가겠습니다."

"부탁합니다."

그는 옷매무새를 고치고 헛기침을 두어 번 하고는 다시 차가운 모습으로 돌아갔다.

규준은 밖에다 소리쳤다.

"손님 나가신다."

제자들이 댓돌 아래로 모여들었다.

이화익은 벌겋게 부어오른 볼을 만지며 두 사람의 눈치를 살폈다.

소장은 말을 타기 전에 규준을 향해 다시 허리를 굽혔다.

소장 일행이 마을 어귀를 빠져나갈 무렵 함께 간 줄 알았던 이화익이 돌아왔다.

"석곡!"

그동안 부르지 않던 규준의 호를 정중하게 불렀다. 규준은 뜨악한 얼굴로 이화익을 바라보았다.

"석곡, 기억하고 있소? 구동 서당 백일장에서 우리 문중 큰어른이 당신과 나를 비교하며 질책하던 일을. 나로서는 처음으로 겪은 수치와 모욕이었지. 그날 이후 당신은 내 앞을 막는 방해물이었소. 당신이 서당을 떠났지만 문중 어른들이 나와 당신을 비교하며 질책하는 일은 계속되었소. 그때부터 내 머리에는 오직 당신을 쳐내는 생각뿐이었소. 그 일을 위해 내 모든 걸 다 걸었소. 이제는 당신을 눌렀다고, 당신이 가진 것을 다 빼앗았다고 생각했소. 그런데 오늘 똑똑히 보았소. 당신 앞에서 내 모습이 얼마나 초라한지를……. 이 세상에 석곡은 존재하지만 이화익은 없어졌소."

그러고는 이화익이 돌아서 문을 나갔다. 너무나 뜻밖의 광경이었다. 모두 어안이 벙벙하여 말을 잊었다.

소장 일행이 멀리 장승배기 모롱이를 돌아가는 게 보였다. 그들과 한참 뒤쳐져서 이화익이 비치적거리며 걸어가고 있었다.

소년 이원세

⋮

백성을 짓누르는 일제의 총칼은 더욱 잔혹해져 갔다.

"아, 앞이 보이지 않는구나!"

희미해져 가던 한쪽 눈이 기어이 보이지 않게 되었다.

규준은 숨을 크게 몰아쉬며 한 눈으로 하늘을 올려다보았다.

"아직 하늘을 볼 수가 있으니 그래도 얼마나 다행이냐."

규준은 아들 삼 형제를 불러서 집안일을 나누어 맡겼다. 의술에 뛰어난 제자들에겐 병자들을 부탁했다. 그동안 기회가 될 때마다 적어오던 여행기를 마무리하고 싶었다. 우리 산천을 채우고 있는 사람과 자연의 모습, 그 의미 들을 적어놓고 싶었다.

앞산에 진달래가 붉게 피는 날, 집을 나섰다.

"얼마나 걸릴지 모르오. 두 눈을 다 잃기 전에 세상을 좀 더 공부한 뒤에 돌아오리다."

호서와 호남으로 방향을 잡았다. 그동안 고생해 온 임공진, 황보준, 최상석을 데리고 나섰다. 지금껏 혼자 다니기를 좋아했지만 한쪽 시력을 잃고부터는 제자들 도움이 필요했다. 마음이 든든하였다.

열흘간 대구 서병오 집에 머물다가 기차를 탔다. 처음 타보는 기차였다.

1905년 1월 1일에 개통한 기차에는 갓을 쓴 사람, 삿갓을 쓴 사람, 치마를 둘러쓴 여인네들이 가득했다. 규준은 낯선 광경에 정신을 차릴 수가 없었다. 기차는 단숨에 대전에 닿았다.

"아, 서양의 기술이 놀랍구나."

규준은 그저 놀랍고 놀라워서 고개만 끄덕였다. 몇 년 전에 만났던 면우 곽종석이 들려준 말이 떠올랐다.

"일제가 옛글을 읽지 못하게 한다면 신학문이라도 배우는 것이 아예 손을 놓고 있는 것보다는 낫습니다."

그 말이 그때는 선뜻 이해가 가지 않았다. 그러나 시간이 흐른 뒤에 둘러보니 어느 정도 이해가 되었다. 면우는 제자들에게 유학을 권하고 있다는 이야기도 했다. 수제자를 일본의 몇몇 대학으로 보냈다는 말도 했다. 그때 규준은 지나치게 서양 학문에 빠지는 것은 경계해야 한다고 다른 생각을 말했다. 시간이 많이 흘렀지만 그 생각만큼은 변함이 없었다.

대전에 내려서 계룡산에 올랐다. 그런데 그곳에도 서양문물을 칭송하는 소리가 넘쳐나고 있었다. 우리 산천이 베풀어주는 아름답고 오묘한 느낌과 사람들의 인심은 뒷전으로 밀려나고 있었다.

가는 곳마다 서양 학문, 특히 천문학 이야기를 나누고 있었다. 모든 게 생경하고 괴이하다며 빠져들고 있었다. 지구의 생김새, 지구의 움직임, 서양 역사 등이 새롭다며 글깨나 읽은 사람들까지도 이를 좇고 있었다. 규준은 경계심을 가지지 않을 수 없었다. 서양의 기술 문명이 뛰어남을 경계하자는 게 아니었다. 무턱대고 그들을 따르는 사람들에게 우리 학문의 실제 모습을 보여주고 싶었다. 특히 젊은이들에게 이런 생각을 편지로 적어 보내기도 했다. 우리의 전통과 정신을 바탕으로 서양 학문을 바라보려는 자세가 필요하다고 역설한 내용이었다.

"세상이 지금처럼 서양에 비하여 동양이 열세였던 때가 없었다. 진시황 이후의 전제주의가 민본주의를 해친 결과를 우리가 보고 있는 것이야. 젊은이들이 그런 원인을 제대로 알고, 동양 중심의 생각으로 기계문명을 받아들여야 하는데 막무가내로 그들을 따르는 현실이 안타깝도다. 내 것을 중심에 두지 못하면 결국 그들의 종이 될 뿐이건만……."

규준은 역사를 통해 백성을 외면한 동양의 정치 모습에서 동양이 몰락한 원인을 찾으려고 하였다.

여행을 계속할 수가 없었다. 젊은이들이 생각 없이 서양문물을 따르는 모습을 보며 분통을 터뜨리는 일이 많아졌다. 그토록 민었던 제자들까지도 서양의 기술 문명에 정신을 빼앗기고 있었다.

"눈이 너무 아프네."

규준은 눈을 핑계로 발길을 돌렸다. 길게 잡았던 여행을 중간에 포기하고 집으로 돌아왔다. 우리의 참모습을 공부하려고 나섰던 길이었는데 오히려 서양 기술에 넋을 빼앗긴 모습만 보고 온 셈이었다. 참으로 허망했다.

몹시 무더운 날이었다. 마침 대구의 교남교육회에서 잡지를 보내왔다. 규준은 무더위를 무릅쓰고 그 책을 꼼꼼히 읽어 나갔다. 그중 서양 천문학을 소개한 내용이 특히 눈길을 끌었다. 그러나 젊은이들의 학문 자세를 보면서 마음이 참 불편했다. 예부터 배워온 성현들의 가르침보다 서양 학문에서 더 위로받는다는 말까지 등장하고 있었다.

"새로운 것으로 나아가는 것은 좋으나 서양을 스승으로 삼는 것을 당연하게 여기는 생각은 바람직하지 않아."

규준은 젊은이들의 이런 생각이 참으로 걱정스러웠다. 나라를 빼앗긴 마당에 젊은이들이 우리 것을 업신여기고 서양 중심 생각에 빠져드는 것을 그냥 두고 볼 수 없었다. 그래서 교남교육회 대표자인 박정동과 이근중에게 긴 편지를 썼다. 그들이 펼친 서양 천문학에 대한 생각들을 우리 천문학 지식으로 반박해 나갔다.

〈교육회 여러분께 아룁니다. …… 두 권의 책 내용은 대략 같은 내용이었는데 꼼꼼한 바느질과 같고 화음이 잘 맞는 노래와 같으니 실로 웅대한 담론이요 걸출한 문장이었습니다. 다만 그 가운데 바로잡지 않을 수 없는 내용이 있었습니다. 오늘날은 서양 세력이 동양으로 들어오고 있습니다. 많은 사람이 새로운 세상이 열릴 것처럼 환영하고 노래하고들 있습니다. 개미가 양고기의 누린내를 사모하고, 벌이 꽃을 좋아하듯이 발 빠른 무리가 앞서서 옛것을 버리고 새것을 좇아가고 있습니다. 이는 우리 고유의 전통을 팽개치고, 경전을 훼손하고서 오직 서양 사람을 스승으로 삼으려는 것과 다르지 않습니다. ……〉

규준은 서양의 천문학 지식에 맞서서 동양의 학문으로 천문 운행 원리를 풀어 내려갔다. 서양 사람들의 지구 자전설, 음력과 양력의 관계, 지구를 구성하고 있는 오대양과 육대주의 배치, 각 나라의 인구와 거리, 천체도 등을 우리 방식으로 설명하였다.

규준은 호열자에서 이웃을 구했던 의원으로서 도저히 그냥 넘겨 버릴 수 없는 부분이 있었다. 우리의 보건 위생에 대한 그들의 그릇된 생각이었다. 서양 학문의 겉모습을 좇아가는 그들은 이렇게 주장하였다.

"좁은 소매와 통치마, 머리를 자르는 것은 청결한 것이다. 옛 가르침은 단지 검소한 것만 가르쳤지 청결하고 깨끗하게 단장하는 것이 위생과 공익에 도움이 된다는 것은 몰랐다. 상투를 틀고 치렁치렁한 옷을 입는 구식 관습 때문에 우리 국력은 쇠약해지고 관리들은 부패해지고 말았다."

이 부분의 글을 읽는 동안 규준의 얼굴이 파르르 떨렸다. 이 어리석음을 그냥 지나칠 수가 없었다.

〈……청결하면 더러운 벌레가 생기지 않고 나아가 병이 발생하지 않는다는 것은 지극히 당연한 생각입니다. 그래서 요즘 도회지에서는 벽에 회칠을 하고 방바닥에 기름을 바르며 깨끗하게 살려고 애를 씁니다. 그러나 시골에서는 아직 흙바닥에 자리를 깔고 옛 방식대로 삽니다. 그런데 청결하게 한다는 도회지 사람들이 시골 사람들보다 오히려 병이 많고 일찍 죽는 일이 많습니다. 서양에서는 눈에 보이는 형체만을 들여다볼 뿐, 드러나지 않는 것을 모르기 때문입니다. 음과 양의 도리, 죽고 사는 것에 대한 이치를 그들은 전혀 깨우치지 못했기 때문입니다. 청결이 위생의 중요한 부분이라는 것은 맞습니다. 그러나 그들은 이를 빌미로 호화롭게 꾸미고 사치를 일삼게 되었습니다. 이는 달빛 아래 그림자를 보고 도둑인 줄 알고 놀라거나 잔에 비친 뱀을 의심해서 병이 생기는 것과 같다고 할 수 있습니다. 너무 세밀한 것에 매달려서 몸 전체의 균형을 깨뜨리는 게 그들의 보건 위생을 대하는 어리석음입니다. ……〉

동양의 학문이 하찮지 않다는 점을 설명하기 위하여 그동안 수련해 온 모든 필력을 다 쏟아부었다. 이는 만에 하나 서양 중심 생각에 따라 세상이 그릇되게 변할까 봐 우려했기 때문이었다. 사회를 윤리적으로 안정시키고 도탄에 빠진 백성들을 구제하려는 마음을 담아 편지를 완성하였다.

이 글이 1918년 『포상기문』이라는 제목으로 중국 상해에서 책으로 발간될 때 중국의 학자 장인년은 '문장이 화려하고 조리가 충만하여 우레처럼 강렬하고 장강처럼 기개가 있고 거리낌이 없다. 그득하면서도 한 마디 남는 말이 없고 간략하면서도 한 마디 모자람이 없다.'라는 머리말을 적어 보내기도 했다.

이듬해에 또 길을 나섰다. 나침반도 없이 떠도는 배처럼 세상이라는 큰 바다를 헤매고 다녔다. 여행 중에도 책만은 손에서 놓지 않았으며, 어느 곳에 있더라도 밀려드는 생각을 정리하여 옮겨 적었다. 동양의 생각으로 수학을 이야기한 『구장요결』과 종교에서 편파적인 생각 때문에 종파가 생겨나는 것을 비판적으로 이야기 한 『신교술세문』을 세상에 내놓았다. 전국을 여행하면서 적어두었던 여행기도 마무리를 지었다. 가는 곳마다 이름난 학자들을 빠뜨리지 않고 방문하였다.

예순 중반에 들어선 규준은 여행이 점점 힘에 부쳤다.

대구에 들러서 여행에서 얻은 피로를 풀 겸 서병오를 만났다.

스승과 제자라기보다 같은 생각을 하는 벗처럼 정을 나누었다. 서로가 서로에게 의지했던 만남이었다. 규준은 말을 하지는 않았지만 앞으로 자주 얼굴을 대할 수는 없을 것 같다는 생각이 들었다.

떠나는 날, 서병오가 대구 어귀까지 따라 나오며 걱정을 했다.

"이번 여행에서는 그런대로 소망하시던 것을 얻으셨는지요? 앞으로는 쉬엄쉬엄 다니세요."

서병오가 넌지시 쉴 것을 권했다.

"글쎄, 질문이 질문을 낳고, 또 질문이 이어지고, 아직 깨달아야 할 일들이 아득하기만 하오. 성현의 가르침으로 토론을 하려는 사람은 나타나지 않고 처방을 받으러 오는 사람들만이 나를 바쁘게 했다오."

정박할 항구를 찾지 못하여 답답해진 마음을 규준은 그렇게 대답했다. 규준의 마음을 알아챈 서병오가 넌지시 말머리를 돌렸다.

"청도에 주역을 만 번 읽은 사람이 있다는데 가시는 길에 한번 만나보시지요. 이야기가 오갈 수 있을 것 같습니다."

규준은 귀가 번쩍 띄었다.

"주역 만 독이라?"

"예, 소문에 만 번을 읽었다고 하네요."

주역은 주나라 문왕이 괘를 만들고, 공자가 10익을 붙였다고 전해져 왔으나 주역의 성립 시기를 더듬어 보면 중용과 같은 전한 시대였다. '역'은 변화를 뜻하는데 사람들이 궁금해하는 변화를 미리 알려주는 점으로 알려져 있었다. 그래서 천문학이나 의학 등 자연의 생성과 변화를 음양오행의 개념으로 인식하려는 사람들에게는 매우 중요한 공부였다.

규준도 여러 차례 읽으면서 나름대로 세상의 이치를 따져 보기도 했으며, 자신의 길을 찾아보려는 노력도 하였다. 그런데 바로 그 주역을 만 번이나 읽은 사람이 있다고 하니 그냥 지나칠 수가 없었다. 답답한 마음을 시원하게 열어줄 것 같았다.

"어디라고 했지?"

"청도랍니다. 청도가 넓은 곳이 아니니까 그 근처에 가시면 쉽게 찾을 겁니다."

규준의 걸음이 빨라졌다. 좋은 사람을 만나서 이야기 나누는 일은 즐거움 중에서도 으뜸이었다. 더구나 가르침을 얻을 수 있는 사람을 만나는 것은 더할 나위 없는 기쁨이었다.

청도에 들어서자마자 지나가는 사람을 붙들고 물었다. 그는 산 밑에 앉은 서당을 가리켰다.

문 앞에 서서 주인을 소리쳐 불렀다. 열여섯이나 일곱쯤 되어 보이는 소년이 달려 나와서 문을 열어주었다.

"훈장님을 뵙고 싶어 찾아왔네."

"예, 이리 들어오십시오."

소년이 훈장을 부르러 간 동안 규준은 서당 마당을 서성댔다. 일제가 금지한 탓인지 아이들 글 읽는 소리는 들리지 않았다. 찬 기운만이 흘러넘쳤다.

"무슨 일로……"

한참 지난 뒤에 훈장이 방문을 열고 고개를 내밀었다. 자다가 나왔는지 옷매무새가 흩어져 있었다. 더구나 먼 길을 찾아온 손님에게 들어오라는 소리조차 하지 않았다.

"이 마루에 좀 앉겠소이다."

규준이 마루에 걸터앉으며 먼저 소개를 했다.

"저는 영일에 사는 이규준이라고 합니다. 훈장께서 주역을 만 번 읽었다는 소문을 듣고 가르침을 얻으려고 왔습니다."

그는 멀뚱멀뚱 규준의 아래위를 살폈다. 초라한 모습이 영 못마땅하다는 얼굴을 보였다.

"소문이 먼 갯가까지 났는가 보오."

그는 방안에 앉은 채 거만을 떨었다. 규준은 개의치 않고 몇 가지를 물었다. 그러나 그는 시원한 답을 내놓지 못했다. 제자들도 마루에 걸터앉아서 그와 규준이 나누는 주역에 관한 이야기를 들었다. 가만히 이야기를 듣던 황보준이 자리를 털고 일어나더니 대문 밖으로 나가 버렸다. 잠시 뒤에 규준도 일어섰다.

"실례가 많았습니다. 가르침을 주셔서 고맙습니다."

규준은 서당을 나왔다.

"헛소문에 헛걸음을 했습니다."

황보준이 혀를 끌끌 찼다.

"자네 말이 맞네. 학문은 몸에 익고, 행동으로 드러나야 하는데 저 사람은 입에만 걸려 있네. 진정한 학문의 길을 모르고 있어."

규준의 실망은 이만저만이 아니었다. 사람을 잘못 알고 왔다가 뒤돌아가는 것만큼 허망한 일이 없었다.

동구 밖에 서 있는 당수나무 밑에서 한숨을 돌리는데 문간에서 본 소년이 달려왔다.

"선생님! 목이라도 축이시고 가십시오."

소년은 커다란 물통에다가 물을 가득 담아왔다.

"고맙네."

규준이 물을 받아 마시며 그 소년의 눈을 보았다. 예사 눈빛이 아니었다. 규준이 물을 다 마시자 그 소년이 규준 앞에 엎드렸다.

"얘야, 이게 무슨 짓이냐? 왜 이러느냐?"

곁에 있던 사람들도 놀라서 눈이 뚱그레졌다.

"저는 이원세라고 합니다. 선생님께 가르침을 받고 싶습니다."

소년은 간절한 눈빛으로 매달렸다.

"무슨 말이냐? 너와 내가 만난 것이 오늘 처음이고, 더구나 같이 이야기도 나눠보지 않았는데 가르침이라니."

"아닙니다. 저는 선생님과 훈장님이 나누는 이야기를 죄다 들었습니다. 선생님 곁에 있고 싶습니다."

소년의 눈빛을 본 규준은 마음을 바꾸어 먹었다.

"그래, 집이 어디냐? 왜 공부를 하려고 하느냐?"

규준은 소년의 손을 잡고는 곁에다 앉혔다.

"여기서 멀지 않은 곳에 집이 있습니다. 저는 가난한 집 맏이로 태어났습니다. 제 꿈은 부모님과 동생들을 제대로 먹이고 입히는 것입니다. 그래서 점치는 주역을 배우거나 의술을 배우면 집안에 도움이 될 것 같아서 그 서당에 와 있었습니다."

사람들이 소년의 당돌한 말에 껄껄껄 웃었다. 그러나 규준은 웃지 않았다. 가난이 얼마나 무서운가를 알고 있었다. 그 가난이 소년을 일찍 철들게 만든 것이었다.

"그래 내가 도와주마."

소년은 이내 환하게 웃었다.

"선생님 잠시만 기다려 주십시오. 제가 가서 훈장님께 작별인사를 드리고 달려오겠습니다."

소년은 바로 따라나설 태세였다.

"아니다. 나는 떠돌아다니는 날이 많단다. 내가 소개장을 써줄 테니 내일이라도 대구 서병오를 찾아가거라. 그 밑에 머물면 내가 종종 들러서 너를 돌보마."

규준은 그 자리에서 서병오에게 소년 이원세를 부탁한다는 편지를 썼다.

"그 집에 가서 의술을 공부하도록 하여라. 주역은 나중에 마흔이 넘은 뒤에 익히도록 하고."

규준은 한참을 걷다가 돌아보았다. 여전히 소년이 당수나무 아래에서 손을 흔들고 있었다. 청도 걸음이 헛된 게 아니었다.

무위당 이원세는 1903년 경북 청도에서 태어났으며, 이규준 의학의 학통을 이은 제자였다. 규준의 처방을 전국에서 모아 편집한 『신방신편』과 『의감중마』에 고금의 처방을 편집해 넣은 『백병총괄 방약부편』 등 두 권의 저서를 남겼다. 그는 스승 이규준에게 배운 '소문학'을 평생 실천하면서 이를 널리 펴기 위해 많은 노력을 기울였다.

집으로 돌아온 규준은 서당 자리에다 목판 인쇄 작업장을 만들었다. 학동들이 뛰놀던 마당에는 판재를 들여다 놓았다. 학동들이 자던 숙소는 각수들 작업장으로 고쳤다. 그러고는 바로 『의감중마』와 『의례주소절요』 목판본 인쇄 작업에 들어갔다. 각자 할 각수들을 모아서 직접 솜씨를 확인하고 뽑았다. 『경수삼편』 목판본 제작에도 들어갔다. 모자라는 경비는 서병오의 도움을 받기도 했다. 돈이 부족했던 규준은 남의 손에 의지하지 않고 직접 집에다 인쇄소를 만들어 책을 찍어냈다.

가르침은 이어지고 있었다. 다만 글 읽는 소리가 목판 찍어내는 소리로 바뀌었을 뿐이었다.

"선생님. 『의례주소절요』를 꼭 그림으로 만드는 이유가 무엇입니까?"

각수 하나가 힘들었는지 칼을 놓으며 투덜댔다. 같이 일하던 각수들도 일손을 멈추었다. 규준은 불만을 터뜨린 각수를 건너다보았다.

"자네는 글을 읽을 줄 아는가?"

규준은 일부러 그렇게 물었다. 각수들은 대부분 글자를 잘 알고 있었다.

"예, 조금 압니다."

"지금 자네가 새기고 있는 작업은 누구나 알아야 할 마음가짐과 옷차림에 대한 예법이라네. 그러니까 백성들이 행해야 할 의례에 관한 것이야."

"그건 알고 있습니다. 제가 말씀드린 것은 쉽게 글로 새겨도 되는 일을 그림으로 새기니까 힘이 더 들기 때문입니다."

규준은 각수의 말을 끝까지 들으며 조용히 웃었다.

"그 말이 잘못된 것은 아니네. 우리가 하는 이 일은 글을 아는 자들을 위한 게 아니라네. 백성 중엔 아직도 글을 모르는 사람이 대부분이야. 지금 새기는 그림은 글을 모르는 백성들을 위한 것이야. 많은 백성에게 사람으로 갖추어야 할 예를 알려주자는 것이지. 백성들도 그 의례를 알고 행하면서 사람대접을 받게 될 것이야. 우리는 지금 그 일을 하는 거야."

"글을 모르는 백성들을 위한⋯⋯. 그 백성들도 사람대접을 받을 수 있도록 하시겠다는 말씀입니까?"

각수는 눈이 휘둥그레져서 규준을 향해 일어서더니 허리를 굽혔다. 다른 각수들도 할 말을 잊은 채 규준을 바라보았다. 규준이 오랫동안 생각해 오던 작업이었다. 오직 백성들을 위한 배려, 그 마음이었다.

"그렇게 멍하니 있을 텐가? 일을 서두르게나."

규준은 허허허 웃으며 그림이 새겨진 목판들을 확인해 나갔다. 목판은 점점 쌓여갔으며, 인쇄된 책들은 많은 백성에게 전해졌다.

병세가 가벼운 병자의 치료는 제자들에게 맡기고 규준은 의학서 연구와 난치병 치료에만 매달렸다.

한쪽 시력을 잃은 게 오히려 잘되었다는 생각이 들었다. 집에 머물며 일에 매달릴 수 있었기 때문이었다. 우리 문화와 전통을 없애려고 목을 조여 오는 일제의 억압은 점점 심해졌다. 그 일로 규준은 불안하고 초조해졌다. 그들이 옛 가르침들을 완전히 없애버리기 전에 그동안 연구한 것들을 책으로 인쇄하여 널리 전하고 싶었다. 잡다한 개인의 글은 제자들에게 모두 없애라고 일렀지만 의술과 바로잡은 경서만큼은 꼭 전하고 싶었다. 잘못된 것이 자꾸만 전해지다 보면 참뜻이 왜곡되어 세상을 그릇된 길로 이끌 수 있기 때문이었다. 규준은 나라를 잃은 것도 선비들의 그릇된 글공부 탓이라고 생각했다. 나라를 되찾는 길도 바른 경서를 통한 바른 공부에서 찾아야 한다고 굳게 믿었다.

규준은 시간이 얼마 남지 않았음을 느끼고 있었다. 모든 일을 서두르고 또 서둘렀다.

다행이었다

:

"아버지! 좀 쉬었다 하세요."

산막에서 업병 병자들을 돌보고 있는데 아들이 찾아왔다.

"손님이 와 계신다는 말씀을 드렸는데도 병자를 살피시느라……."

박 서방이 멋쩍은 얼굴로 박종을 맞았다.

주위 사람 모두 쉬라는 소리를 입에 달고 있었다. 규준은 아예 대꾸하지 않았다. 일하는 게 쉬는 것보다 마음을 편하게 하였다. 쉬고 있으면 오히려 걱정거리가 떠올라서 머리가 복잡해졌다.

"대구에서 찾아온 청년이 기다린 지 벌써 사흘이 되었습니다."

"으응, 대구에서 손님이 왔다고? 왜 이제 말하는 거야."

규준은 처음 듣는 말처럼 뜨악한 얼굴을 하였다.

"제가 몇 차례 말씀드렸는데 잊으셨구먼요."

박 서방이 씽긋 웃었다.

"내게 이야기를 했다고?"

"제가 그 날 올라와서 바로 말씀드렸잖아요."

이번에는 박종이 씽긋 웃었다.

규준은 고개를 갸웃거렸다. 뭘 듣고 나면 깜박깜박 잊는 일이 많아졌다. 한 곳에 몰두하면 다른 곳에는 정신이 가지 않았다.

대구에서 온 청년이라면 한 사람뿐이었다. 이원세였다. 제자로 받아들인 지가 3년이 되었다. 열심히 공부하는 모습이 늘 든든했다. 서병오 집에 보냈던『의감중마』를 수차례 읽고 또 옮겨 적으며 공부했다는 말을 들었다. 일일이 임상을 통해 확인해 가면서 자기만의 처방을 만들어 가는 모습이 대견스러웠다.

"내려가 봐야지. 너무 오래 기다리게 했구나."

규준은 서둘러 산에서 내려왔다.

마을 어귀에 들어서자 벌써 병자들의 앓는 소리가 들려왔다. 방마다 병자들과 그들을 데리고 온 보호자들로 넘쳐났다.

대문간에서 두리번거리며 이원세를 찾았다. 어딘가에서 일을 돕고 있을 게 분명했다. 몸이 민첩하고 부지런한 사람이라서 그냥 앉아 있을 리가 없었다. 어느새 규준을 보았는지 환하게 웃으며 이원세가 달려왔다. 병자들을 차례대로 안내하고 있었던 모양이었다.

"오래 기다리게 했구나. 방으로 들어가세."

이원세가 규준 곁으로 와서 손을 잡아 부축했다.

"선생님 손이 많이 찹니다."

"늙으면 차지기 마련이야. 맥은 다 익혔는가?"

규준이 함빡 웃으며 물었다.

"아직 더 익혀야지요."

방에 들어가서 윗목에 앉자 이원세가 큰절을 올렸다. 얼마 전 대구에서 보았을 때보다 한층 더 의젓해진 모습이었다.

"그래 석재는 잘 계시고?"

"예, 여전하십니다."

그때 문이 열리면서 찻상이 들어왔다.

잠시 뒤에 세 아들이 조심스럽게 들어와서 같이 앉았다.

"무슨 일로 이렇게 함께 들어왔는가?"

규준이 아들들을 둘러보며 물었다.

"예, 아버지께서 이 손님이 오셨다는 말을 들으시고는 얼굴이 환해지시며 너무나 반갑게 맞으시는 것 같아서……."

큰아들이 그만큼에서 머뭇거리자 둘째가 말을 이었다.

"대구에 혹시 숨겨두었던 동생이라도 왔나 싶었습니다."

그 말에 이원세가 손사래를 쳤다. 그러나 규준은 껄껄껄 웃어 젖혔다. 오랜만에 소리 내어 웃었다.

"그러고 보니 너희들과 서로 인사를 제대로 나누어야겠구나. 여기는 내 아들 셋이고, 이쪽은 내가 마지막으로 얻은 제자이니

라. 앞으로 형제처럼 우애를 나누어야 한다."

세 아들과 이원세는 서로 절을 하며 인사를 나누었다. 제자들도 모두 불러서 이원세를 소개했다.

규준 곁에서 석 달 동안 머물던 이원세가 떠나는 날이었다.

규준은 이원세를 배웅하면서 같이 걸었다.

"안강으로 갈 텐가, 경주를 거쳐 갈 생각인가?"

"경주를 거쳐 고향에 계신 부모님을 뵙고 대구로 갈 생각입니다."

"부모님께도 안부를 전하고, 석재에게도 안부를 전해 주게."

규준의 걸음이 눈에 띄게 느려져 있었다.

"선생님, 이제 들어가십시오. 저 혼자 찾아갈 수 있습니다."

"아닐세. 내 자네와 좀 더 걷고 싶다네."

같이 걷고 싶다는 규준의 말에 이원세는 더 말리지 않았다. 규준의 걸음에 맞추며 이원세도 천천히 걸음을 뗐다.

"여보게, 내가 열 살 무렵이었어."

"예, 선생님."

"내 고향 임곡 나루에 이양선 한 척이 표류해 온 거야. 코가 높고, 털북숭이에 피부가 하얀 남자들과 여자가 그 배에 있었어. 너무나 신기하였다네. 사람도 신기하고, 그렇게 크고, 돛이 많은 배는 처음 보았어. 연일현청에서는 쇠노 없는 그들을 마구 끌고 갔어. 아마도 말이 통하지 않는 관리들 등쌀에 그들은 엄청난 고통을 받았을 거야. 막무가내 휘둘러대는 매도 맞았겠지."

"그런 일이 있었군요."

규준은 걸음을 멈추고 숨을 몰아쉬었다. 이원세가 곁으로 다가와서 가만히 부축했다.

"그런데 나는 그때부터 이상한 생각에 빠져들 게 된 거야. 그 배는 어디로 가던 배였을까? 하필이면 왜, 임곡 나루에 닿았을까? 바다로 길게 뻗은 장기곶도 있고, 임곡 나루에 오기 전에 여러 나루가 있는데. 하필 임곡 나루에……, 그런 생각이 내 머리를 떠나지 않았다네."

"그랬군요. 표류했다면 임곡 나루에 닿은 것은 그들의 뜻도 아니었겠군요."

이원세는 규준의 얼굴을 훔쳐보았다. 그러다가 규준과 눈이 마주쳤다. 둘은 마주 보며 그냥 웃었다.

"그들 뜻도 아니었겠지. 그랬을 거야. 그런데 그렇게 대답 없는 물음을 지금껏 해왔는데 요즘 내가 그 대답을 찾았다네."

"아! 잘 되었군요. 그 답이 무엇입니까?"

규준이 이원세를 보며 다시 환하게 웃었다. 어린아이 같은 하얀 웃음이었다.

"그 배가 바로 내 모습이라는 것을 알려주려고 왔던 거야."

"예에?"

이원세가 놀라서 걸음을 멈추었다.

"그랬지. 나는 둥글다고 말하는 이 지구에, 이 조선이라는 땅으로 표류해 온 거야."

이원세는 가만히 다음 이야기를 기다렸다. 규준도 잠시 뜸을 들였다.

"그래서 모두가 나를 코가 큰 사람처럼, 털북숭이처럼 이상하게 본 거야. 사람들은 내가 이야기하는 성현들의 말을 알아듣지 못했어. 그래서 내가 자기네들과 다른 말을 한다며 사문난적으로 몰아서 질시하고, 배척했다네. 나는 평생 나와 말이 통할 수 있는 사람을 찾아다니다가 세월을 다 보내 버렸어. 표류한 이양선 선장이 지도와 천리경을 내게 주더구나. 더 멀리 더 넓은 세상을 보라는 뜻이 아니겠느냐. 결국 나는 좁디좁은 유학자들의 생각에서 쫓겨나 넓고도 넓은 백성들 품에 안길 수 있었네. 이제 생각해 보니 그곳이 나의 정박항이었어. 표류의 끝에서 이제야 그 깨달음을 얻었다네."

이원세는 천천히 고개를 끄덕였다.

"돌아보니 나는 참 다행스러운 삶을 살아왔네. 내가 가난했던 게 다행이었네. 가난을 겪어 보았기에 가난한 백성의 마음을 읽고 그들과 함께할 수 있었네. 집안이 변변치 못하여 스승을 얻을 수 없었던 게 참 다행이었네. 그래서 어느 학파에도 묶이지 않고 자유롭게 공자와 맹자의 가르침에 가까이 다가갈 수 있었다네. 마지막으로 조선의 끝자락에 태어난 것이 참으로 다행이었네. 사문난적으로 몰렸지만 세상 밖으로 쫓겨나지 않을 수 있었다네."

"선생님!"

이원세가 걸음을 멈추고 규준의 얼굴을 우러러보았다.

"이제 내가 닦은 의술을 모두 자네에게 넘기네. 모질고 악랄한 일제의 칼날 앞에다 자네를 내어놓는 것만 같아서 미안하네……. 그리고 부탁하네."

규준은 걸음을 멈추었다. '여기까지'라는 생각이 들었다.

이원세는 땅바닥에 엎드려 큰절을 올렸다.

'고맙네. 고마워.'

규준은 그 말을 삼키며 그냥 어서 가라는 손짓을 했다.

두 사람은 서로 마지막이라는 것을 느끼고 있었다.

규준은 제자 이원세가 점점 멀어져 소실점 밖으로 사라질 때까지 그 뒷모습을 지켜보았다.

"혼자서 뚜벅뚜벅 가시게."

그해 늦은 가을, 규준은 69세 나이로 세상을 떠났다.

스승인 석곡 이규준의 학통을 이어받은 무위당 이원세는 스승의 우려대로 일제의 모진 수탈을 견디다 못해 한때 산으로 피신해야만 했다.

해방 이후 석곡 이규준의 처방을 전국에서 모아 『신방신편』과 『의감중마』에 고금의 처방을 넣은 『백병총괄 방약부편』을 펴냈으며, 평생을 스승의 저서인 『소문대요』와 『의감중마』를 강의하며 제자들을 길러 냈다. 그는 자신에 대해서는 아무것도 세상에 남기지 말라는 유언을 남겼다. 제자들은 그의 유언에 따라 화장하여 스승, 석곡 이규준의 무덤 아래 산골하였다.

제자들의 한의학 연구단체인 〈소문학회〉에서는 1992년부터 매년 10월 마지막 일요일, 석곡 이규준의 묘소와 무위당 이원세의 산골처를 참배하고 있다. 석곡의 고향인 포항시 동해면민들도 참배 행사에 함께 참여하며 그의 정신을 기리고 있다.

석곡 이규준 연보

1855년   11월 11일 출생, 호 석곡石谷

1901년   서유노정기 : 서찬규徐贊圭, 서자원徐子源, 서병오
        徐丙伍, 전우田愚, 이만구李晩求, 대암 손선생大巖
        孫先生, 낭산 이존후 朗山 李存垕와 교류

1902년   금강산유람기 : 정선조鄭先祚와 동행

1906년   『소문대요素問大要』(밀양, 목판본) 간행

1909년   가야산유람기 : 면우 곽종석郭鍾錫 등과 교류

1918년   『포상기문浦上奇聞』 간행 (상해, 연활자본)

1922년   『경수삼편經髓三篇』『의감중마醫鑑重磨』『의례주
        소절요儀禮注疏節要』(영일, 목판본)『석곡심서石谷
        心書』(부산, 연활자본) 간행

1923년   10월 11일 사망 (69세)

1926년   『모시전주쇄관毛詩傳注刷管』『상서전소쇄관尙書
        傳疏刷管』『주역주전쇄관周易注傳刷管』(대구, 연활
        자본) 간행

1981년   『석곡산고石谷散稿』 간행

2009년   국역『석곡산고석곡심서포상기문』발행 (발행처 한
        국한의학연구원)

출처:오재근·김민지, 「소문학회·부양학파, 한의학의 맥(脈)을 잇다」 『한국형 임상특징 체계화 연구-부양학파 의학』 (2014, 한국한의학연구원 제출 보고서), pp.28-30.

석곡 이규준이 남긴 저서 및 소장 자료

• 의학

1. 『의감중마醫鑑重磨』三册(천·지·인)

2. 『황제내경소문대요黃帝內徑素問大要』二篇(乾坤)

3. 『신농본초경 교정神農本草經 校正』二册 (三品)으로 약류를 구분

• 송유宋儒의 6경주소六經注疏를 위주로 산삭删削, 가필교 정加筆矯正)

1. 〈모시毛詩, 상서尚書, 주역周易, 춘추春秋, 주례周禮, 의례 儀禮〉二十六册

2. 〈논어論語〉 3册

3. 〈경수삼편經髓三篇〉(대학大學·중용中庸·예운禮運) 共一册

4. 〈곡례曲禮〉一册

5. 〈효경孝經〉一册

6. 〈당송고시唐宋古詩〉一册

7. 〈후천자後千字〉一篇

8. 〈소학계선小學稽善〉一册

9. 〈도덕경제道德經題〉一篇

10 〈명심보감明心寶鑑〉一篇

• 사상 및 철학

1. 양력의 법을 논한 「포상기문浦上奇聞」一冊

2. 당파의 시비를 논한 「석곡심서石谷心書」一冊

3. 수학을 논한 「구장요결九章要訣」一冊

4. 종교에 대한 비판적 제언 「신교술세문神教術世文」一冊

5. 전국 돌아보고 쓴 기행문과 시 「석곡산고石谷散稿」一冊

※ 석곡산고는 선생의 사후 1981년에 간행

• 소장 유물

1. 목판 : 364장(문화재자료 제548호)

2. 책 :『의감중마』『황제내경소문대요』등 265책

자료 제공 : 석곡도서관(팀장 서형철)

석곡 이규준

김일광 글

초판 인쇄일 2018년 3월 15일 | 초판 발행일 2018년 3월 19일
펴낸이 조기룡 | 펴낸곳 내인생의책 | 등록번호 제10-2315호
주소 서울시 마포구 독막로 37
전화 (02) 335-0449, 335-0445(편집) | 팩스 (02) 6499-1165
전자우편 bookinmylife@naver.com
편집 김정민 | 디자인 위하영

ISBN 979-11-5723-375-5 (03810)

이 도서의 국립중앙도서관 출판예정도서목록(CIP)은
서지정보유통지원시스템 홈페이지(http://seoji.nl.go.kr)와
국가자료공동목록시스템(http://www.nl.go.kr/kolisnet)에서 이용하실 수 있습니다.
(CIP제어번호: CIP2018008058)